邓文芳 著

我从西藏到南极

中国·广州

图书在版编目（CIP）数据

我从西藏到南极 / 邓文芳著. — 广州：广东旅游出版社，2020.2
ISBN 978-7-5570-1992-1

Ⅰ.①我… Ⅱ.①邓… Ⅲ.①游记－作品集－中国－当代 Ⅳ.①I267.4

中国版本图书馆CIP数据核字（2019）第259652号

出 版 人：刘志松
责任编辑：梁　坚　于子涵

我从西藏到南极
WO CONG XIZANG DAO NANJI

广东旅游出版社出版发行
地址：广州市越秀区环市东路338号银政大厦西楼12层
邮编：510060
电话：020-87347732
印刷：北京凯德印刷有限责任公司
（地址：北京市朝阳区王四营乡道口村33号）
开本：787毫米×1092毫米　1/16
字数：133千字
印张：12.5
版次：2020年2月第1版
印次：2020年2月第1次印刷
定价：58.00元

【版权所有　侵权必究】

本书如有错页倒装等质量问题，请直接与印刷厂联系换书

前　言

　　世界很小，七大洲、五大洋，屈指可数。

　　世界很大，穷尽一生，也无法阅尽……

　　我们这一生的工作是忙碌的，三个老人（大姐、老伴和我）都是年轻时辛苦操劳，退休后终于可以悠闲地游逛。

　　在我60岁那年，我们一起去了西藏自治区，可以说西藏是我们出去看世界的起点。后来，我们又去了美国、南非、埃及、法国、意大利等地。几个国家游历下来，似乎七大洲游了大半，我们野心越来越大，感觉遍游世界的梦想好像也不再是天方夜谭。

　　像北美、南美、非洲、欧洲等地区，它们的历史文化和人文景观令人迷恋！我们惊叹于它们各种各样的文化故事。比如，同为文明古国的古埃及，遗留下来的金字塔和狮身人面像等，和古老中国留下的文化遗产很不一样；中国文明能很好地保留下来，全依靠文字的功劳。只有在对比下，才能发现更多的差异性，世界文明走到了今天，终究是殊途同归。我们相信，未来人类的共同命运将有更多的包容性，存异求同将是人类共同努力的目标。

旅行多了,想法也多了。问自己一个问题,哪里才是尽头?

这个问题包含了两个意思:第一,哪里是我们能走到的地理尽头;第二,去了哪里我们才满足。看看地图,有了答案,尽头就是南极,遥远、荒蛮、与世隔绝,三大洋将其与其他大陆分隔。魔鬼西风带阻碍船只和飞机接近,越神秘越吸引人,只要有梦想,就有成真的一刻,这是一次似乎存在于梦中的行程。它将永远存于我们的梦中。梦想是伟大的,岁月不饶人,70多岁了,这是一次身体、精神的探险之旅。

不怕,不怕,什么都不怕。最终,我们怀揣好奇之心,踏上了梦想之旅。

在南极,我曾纵身跳入冰冷的海水中游泳,这一小小的举动,赢来了全船人的喝彩,船上是来自不同国家的友人。在他们眼里,我这个满头白发的中国老人,大胆尝试和敢于挑战新鲜事物,比青年人更有活力!

南极的回忆,是我一生中最宝贵的,当人站在巨大的冰川、大洋面前时,时间仿佛是不存在的。唯有大自然的美和生命的感悟,是最真实的存在。和"世界屋脊"的青藏高原相比,南极这片被冰雪覆盖,白茫茫的大地上,有着海豹、海狗、鸟类等各种动物。当然,企鹅也是这里的主人。那些成群结队的、胖墩墩的企鹅,可爱至极,穿着标配的"燕尾服",摇摇摆摆地任凭你给它们拍照。

南极已去,冰岛特殊的地理环境吸引着我们。后来,我们在2018年去了冰岛,踏上冰岛就像上了月球,像一个庞大的火山实验室。中国西藏是看世界的起点，南极是这过程中的极地，而冰岛则宛如带我进入了另一个世界。一生去过那么多地方，最能带给我震撼的还是西藏、南极、冰岛这三个地方。

人在固定的环境下，很容易思维固化，每日也只会忙于生活中的琐事。然而，生命是珍贵的。我们脚下的这个地球，是孕育我们人类的母亲。如果南极的冰全部融化，海平面上涨，淹没沿海城市不说，全球的温室效应会更严重，最终会给人类带来灭顶的灾难。

纵观历史上那些曾经辉煌的文明，大多都是由于人类自身的冲突而导致了毁灭。自工业革命以来，人类以石油、煤等天然能源的消耗作为文明的动力。看看这美丽的大自然，人类确实要自我反思和节制，地球是我们和其他物种共同生活的家园，它需要我们共同的爱护，才能更加美丽。

最后，在此感谢我的家人，我的儿女们现已成家立业，他们支持我的梦想和行动，有时他们还会一起陪着我，给予我最大的支持和鼓励。

时光荏苒，从第一次去西藏到现在，一晃十几年过去了，非常感谢在人生的道路上那些帮助过我的朋友们。愿读者也能在我的这些散文游记中，同我一起感受大自然的魅力。

邓文芳写于三亚

| 我 | 从 | 西 | 藏 | 到 | 南 | 极 | 目录

第一部分
情系西藏

穿越可可西里　　　/002
拉萨布达拉宫　　　/006
羊卓雍错和岗巴拉山　　/010
日喀则参观扎什伦布寺　　/014
"西藏的江南"：林芝　　/018
雅鲁藏布江大峡谷　　/023
江孜古城　　/025
回程随感　　/027

第二部分
奇幻南极

火地岛乌斯怀亚　　/042
开往南极的船　　/050
乔治王岛的海湾　　/058
南极的"冰"与企鹅们　　/066
天堂湾 / 帕拉代斯湾　　/076
阿根廷 / 布宜诺斯艾利斯　　/086

第三部分
漫步北欧

冰岛　　/100

芬兰　　/117

瑞典　　/121

挪威　　/127

丹麦　　/135

第四部分
游记随笔

从埃及到好望角　　/154

风情意大利：罗马、威尼斯　　/163

先知之城：梵蒂冈　　/167

浪漫的巴黎　　/169

曾经的渔村：阿姆斯特丹　　/173

额济纳旗的胡杨林　　/175

美国的大都市　　/182

悠闲的马尔代夫　　/186

第一部分　情系西藏

我从西藏到南极

「西藏」

穿越可可西里

西藏是一片圣洁、美丽、苍凉、遥远、神秘的净土，也是无数人梦想中的天堂，其路途的遥远和艰辛，成了众人探寻神秘天堂难以逾越的阻碍。2006年，青藏高原铁路全线通车的消息，令我们兴奋不已，终于可以亲身揭开西藏神秘的面纱，了解真实的西藏了，我们的梦想逐渐成了现实。

2007年7月，我们一行三个老人在两个孩子的陪同下组成了一个小团，踏上进藏的列车。经兰州、西宁直奔西藏拉萨，途经可可西里无人区，这是我们只有耳闻，却从未去过的地方，真是荒凉。可可西里藏语意为"昆仑雪山之地"，也有"千湖之地"的美称，这里拥有非凡的自然美景，其美丽超出人类的想象，只有亲身到达此地，你才能体会这里的独特之美。

如今的可可西里已被列为国家级自然保护区，它位于青海省西北部，平均海拔在4500米以上，保护区境内栖息着藏羚羊、野牦牛、藏野驴等珍稀野生物种。据不完全统计，该地共拥有大小湖泊7000余个、古冰川250余条。当列车穿过这一地带时，我看见一群群藏羚羊在低头吃草，时不时抬头看看轰鸣而过的列车。看着车窗外的这些藏羚羊，不禁想起它们的数量曾经有百万只之多，却因为国际市场对藏羚羊绒的需求，使得它们在20世纪80年代后，遭到大量偷猎，数量急剧下降。到1995年时，整个藏区只剩5万多只，濒临灭绝。

可可西里在古蒙语中为"美丽少女"的意思。每年6月，被称为"高原精灵"的藏羚羊会成群结队地翻过昆仑山山脉，趟过一道道冰河，在雪后初霁的可可西里的地平线上涌出。它们之所以要返回到这里，是因为这里的卓乃湖和太阳湖等地水草丰美，天敌又少。丰富的食物和相对安全的环境，更利于藏羚羊的生产和生长。自然

生态的平衡需要人们自觉认识到：我们与大自然是一体的，每一类物种的消失，都是对人类自身存在的威胁。当地球只剩下人类时，人类还可以孤独地存在吗？

随着列车继续前行，我们途经唐古拉山口，看见巍峨的雪山、广袤无垠的荒原和奔跑的野牦牛。这时才能深切体会到祖国的大地有多么的宽广。唐古拉，藏语的意思是"高原上的山"，它终年风雪不断，又被称为"风雪仓库"。唐古拉是青海省和西藏自治区的分界线，它的主峰各拉丹冬，海拔有6000多米，是长江的源头。唐古拉山口这一带的天气极不稳定，有时即使在夏天，公路也会被大雪封住，霜雪、冰雹更是常见，这里空气的含氧量只有海平面的六成。在路过这里的时候，一般的进藏游客都会有明显的高山反应，可能我们是坐着火车进来的，因此并没有明显的高山反应。

火车继续前行，经过沱沱河，沱沱河是三江源汇合之地。著名的万里长江第一桥就飞架在沱沱河的河滩上，沱沱河也是长江的正源，所以长江的第一桥被命名为"沱沱河长江源特大桥"。在这里，大雪山、蓝天、清澈的河水，随处都是一幅美丽的风景画。比起城市的喧嚣，在这里心灵会得到净化。源源不断的长江源头水，让我想起宋代朱熹的那首诗："问渠哪得清如许，为有源头活水来。"

万事万物,只有源头的清洁和不断地供给,下游才能得以清洁,让我们感恩这大自然无私的馈赠吧!

 美丽的大自然是人类赖以生存的家园,在这颗蓝色的星球上,地球倾其所有地为人类服务,我们在索取的同时,更应懂得爱护、回报大自然这无私的爱!

拉萨布达拉宫

拉萨到了,令人意外的是大家一直担心的高原反应似乎没有想象的那么可怕。到达拉萨当日下午,我们就参观了布达拉宫,站在世界海拔最高的宫殿式的建筑前,大家都被这集宫殿、城堡、寺院于一体的气势宏伟的建筑群震撼到了,长途旅行的疲惫一扫而光。拉萨全年日照时间在3000小时以上,有着"日光城"的美誉。在这

充满阳光的圣地沐浴,仿佛尘世的烦恼都被这暖洋洋的日光驱散了。

金碧辉煌的屋顶、美丽的壁画、高大的佛像、大量珍贵的文物和佛教艺术品,是布达拉宫的精华所在,这些展品,令人眼花缭乱。只可惜历史知识有限,我们也只能走马观花而已。想象着建造这座宫殿时的场景,也许只有工匠们怀着对天地

的敬畏之心,才能创造如此杰作。那个时代,我国正是大唐盛世,藏王松赞干布动工兴建大昭寺和布达拉宫,迎娶尼泊尔的尺尊公主和大唐的文成公主。

在布达拉宫山下朝圣的路上,可以看到很多的人,他们围着布达拉宫转经。他们的头发大多是散乱的,虔诚地礼拜,已然让他们忘却了自己的外在形象。可能是高原气候的原因,让他们面部的皮肤有些黑里透红。他们身穿藏族服饰,衣服外面套着毡布裙,戴着一种自制的护膝,手腕上绑着木制的板子,这样的装备可以保护他们在礼拜时不伤到自己,同时也让礼拜更方便。他们一步一拜,就这样用身体丈量着朝圣之路。

寺庙附近都有一种古铜色的圆柱体——转经筒,据说里面放置了经文。人用手转动它时,相当于这个人念诵一遍这筒中的经文。信徒们都会用手摸着这些转经筒前行,古铜色的转经筒因越来越多的人长期地抚摸,在阳光下发出金色的光芒。

在拉萨住宿的时候，导游再三交代：千万不要洗澡。我们不以为然，觉得是导游小题大做。住下后，小女儿非要洗澡，谁知道当真灵验，当晚小女儿就高烧40多摄氏度，高原反应就这样如期而至了。白天参观布达拉宫时，我淋了点雨，当时其他人都是用衣服盖着头，唯独我满不在乎，谁知道当晚也是高烧41摄氏度。晚上两个人躺在医院挂上吊针，进行自我反省。看来高原反应的后果真是不容小觑，人要顺应环境才是万全之策，一时逞强，最终只能自食恶果。

第二天我们的身体略微好转，打起精神，开始畅游纳木错（4718米），此湖是世界上最高的湖，湖水蓝得像宝石一样，纳木错是西藏的"三大圣湖"之一，在藏语里有"天湖"的意思。站在湖边，

整个人的身心似乎都被湖水融化了,犹如在幻境中一般。湖边的气候变化莫测,安静的湖面转瞬就起了波澜,天空竟然下起了小雪,温度骤然变冷,高原反应加大,每个人都是嘴唇发乌、头重脚轻,摇摇晃晃坐上白牦牛照张相片,便急忙赶回车里,下山了。

 建筑是身体的殿堂,身体是精神的殿堂,庄严的建筑,可以让人更庄严地存在于天地之间!

羊卓雍错和岗巴拉山

羊卓雍错海拔最低点4441.9米,是西藏"三大圣湖"之一,碧玉般的湖水如镜面般平静。这里的水草丰美,是一个丰饶的高原牧场,藏族同胞们用民歌赞美羊卓雍错:"天上的仙境,人间的羊卓;天上的繁星,湖畔的牛羊。"是啊,这里每到冬天时,冰封湖水,俨然另一番景色,素白的湖面如同给女神梳妆的镜子一般。

到了春末夏初,牧人们便将牛和羊运送到羊湖中的十数座小岛上面,让它们在那里悠闲地享用牧草。等再到初冬时,牧人们与牲畜才重返湖岸。牧民们这样的生活,平淡一生,有世外桃源之感。是的,这里是藏族同胞们的世外桃源,简单的生活,朴素的民风,与大自然的和谐相处,夫复何求?

在羊湖岛上还生活着各种候鸟,据说这里是西藏最大的水鸟栖息地和野生禽类的乐园。像天鹅、黄鸭、鹭鸶、沙鸥等在这里都可以看到。成千上万只白色的水鸟在湖面飞翔,宛如一幅壮美的风景画。藏民把此湖比作神女撒落的绿石耳坠,婀娜多姿。

为挑战我们几个老年人的极限,我们爬上了岗巴拉山山口(5030米),而且就我们五人,连七十多岁的老人都气喘吁吁地爬上去。岗巴拉山山口是俯瞰羊卓雍湖的最佳位置,站在山口俯瞰,羊卓雍错真是像极了珊瑚枝,山顶上有云层覆盖,并在湖面上投下了不规则的巨大云影,纯净的湖水也在阳光的照耀下呈现出浅蓝、深蓝、孔雀蓝等深浅不一的颜色层次,像是一块镶嵌在天地间会变幻色彩的宝石。当清风吹拂湖面,皱起的波纹若鱼鳞,闪耀着的波光,随

着风，飘动在湖面上，真是美，美得我们几个情不自禁地手拉手跳起舞来。

我平日登山，偶尔有感慨会写些随笔，然而此刻登山，心里脑海中，一片空寂，只有这如人间仙境般的美景存在。只有感受风在耳边的吟语，诉说着千百年来的故事，是那牧羊姑娘的爱情，是那放牛小伙子的初恋……人的一生很短，但与天地同在的精神，却可在这天地间长存。

像西藏所有的著名山口一样，在岗巴拉山，同样有着巨大的玛尼堆，扯着重叠的风马旗（即彩色经幡），它们在风中呼啦啦地飘扬着。说起玛尼堆，它们最初被称为"曼扎"，意为曼陀罗，是由大小不等的石头垒起来的、具有灵气的石堆。这里的人们将石头视为有生命、有灵性的东西。人们在选择石头时，也不用刻意选择一样的，捡着什么样的石头就在上面刻画上自己的心愿、理想与祝福。如果是经文，则多为"六字真言"或咒语。这是祈福的美好心愿结晶，也是流星划过夜空后的一道闪耀的亮光。人们知道自己的肉身不会长存于世，因此寄情于石头，像类似的这种比肉身更长久的物质上，让自己的精神更长久地存在。风马旗在风的吹动下，发出前人的祝福和心愿。

俗话说：上山容易下山难。岗巴拉山的下山之路，真可谓险象环生，一边是陡峭的悬崖，一边是层层的山峦。我们几个人沿着崎岖的土路转了一圈又一圈才走下来，所幸我们都平安到达了山脚。

"上山容易下山难",人生的路何尝不是这样,人往高处走时,风光无限,充满各种期望,但一个人的一生,不可能总在巅峰,正如爬山一样,到了山顶,总要平安下山后,才算是圆满的结局。因此,我们看古人的智慧是"功成,身退,名遂",此乃天道。有些人只做到功成,然后就出现各种状况,这样的功成是要人命的,与其要不如不要。

日喀则参观扎什伦布寺

在告别羊卓雍错和岗巴拉山后,我们便动身前往日喀则。日喀则市在西藏自治区的西南部,南边挨着的是尼泊尔、不丹、印度三个国家,西边是阿里地区,北侧是那曲市,拉萨在它的东边。世界第一高峰——珠穆朗玛峰就坐落在这里。当然攀爬珠峰只能先错过了,这次我们要看的是扎什伦布寺。

扎什伦布寺是日喀则的象征,寺院依山而建,这里是历代班禅的驻锡地。参观扎什伦布寺时,我们幸运地赶上了一年一度的晒佛节仪式。

晒佛节是藏族人民传统的宗教节日,在晒佛节当天,寺庙会将寺内珍藏的巨幅唐卡——佛像取出,在寺庙附近的晒佛台或山坡、巨岩的石壁上进行展示,便于群众观瞻。

这次我们能赶上,真是开了眼界。扎什伦布寺是有晒佛台的,几十个身强力壮的喇嘛,将巨大的唐卡抬到晒佛台,经过一番仪式后,巨大的唐卡被慢慢打开,那精致的做工、鲜艳的色彩、威严的佛像,当看到释迦牟尼佛几十丈高的锦缎绣绘佛像大唐卡时,身边的人们不由自主地开始礼拜。我们也对其祈祷着，祝福着，真是庆幸遇上了一生难遇的节日。当日天空万里无云，湛蓝的天空像被海水清洗过一般，释迦牟尼佛的佛像是坐着的，坐在五色莲花台上，他慈祥的表情，给观瞻的人们带来宁静祥和。

扎什伦布寺与拉萨的三大寺，甘丹寺、色拉寺、哲蚌寺并称藏传佛教格鲁派的四大寺，其气派程度可与布达拉宫媲美。

扎什伦布寺最宏伟的建筑当属大弥勒殿和历世班禅的灵塔殿。大弥勒殿在寺院的西侧，有30米高，殿内供奉着由九世班禅主持铸造的弥勒菩萨坐像。在西藏，这座佛殿被称为"强巴康"，弥勒佛也被称为"强巴佛"。据说这座佛像是由110个工匠花4年的时间完成的，耗用黄金6700两，黄铜23万多斤，佛像眉宇间白毫镶饰的大小钻石、珍珠、琥珀、珊瑚、松耳石1400多颗，成为世界上最高、最大的铜塑佛像。

还有一个大经堂，是扎什伦布寺最早的建筑，历时12年建成。在大经堂的殿前，有个600多平方米的讲经场，班禅就在这里对着全寺的僧人讲经，平时僧人们在一起辩经时的场所也是在这。

讲经场的周围四壁，有着历代佛教祖师，以及四大天王、十八罗汉和形态各异的一千尊佛像等，还有一些佛教高僧和各种飞天仙女的刻像。这些佛像的艺术造型充满了古代雕刻、绘画艺术的美。民族的就是世界的，在艺术的殿堂里，人们追求至善至美的精神，在那些史迹遗产中散发着光芒，给后人以智慧的启迪。

虽然在这里的时间很短，但扎什伦布寺给我们留下的不只是建筑上的美，更多是在人文遗产中，体验人们对追求美好生活和信仰

相融合的画面。回荡在天空中的法螺声、经文唱诵的优美旋律,都在渲染着这幅美景。

> 在利与义之间,人性的升华完全是因其能取义舍利,以天下为公的心态,方能得到最后的升华。这也是人性光辉的一面,心向着光亮处,才能照亮永夜的黑暗!

"西藏的江南":林芝

  林芝地区是"西藏的江南"。连绵的大山、松涛云海、雪山林海,茂密的云杉和松树组成了林木葱茏的原始森林,终年碧绿苍翠,草坪上野花盛开,仿佛进入了神仙之地。林芝的海拔只有2900米,这是西藏海拔最低的地方,这里的林海、花海和优美的田园风光,素有"西藏江南"之称。这里有着从高寒地带生长的雪莲花和亚热带盛产的香蕉,物产资源丰富。林芝的景色与西藏其他地区是不同的,这里有着森林云海的风光。蓝天白云下,冰川衬着森林,碧湖映着雪山,真是美不胜收。

离林芝不远的巴松措，是藏族同胞心中的圣湖，现在已被誉为"西藏九寨沟"。到这里后，我们看到湖的形状如同镶嵌在高山峡谷中的一轮新月，皎洁明亮，湖水非常清澈，可以看见湖底的水草、游鱼。四周的雪山倒映在湖面上，时常会有沙鸥、白鹤在湖面浮游。湖的中心有一个小岛，小岛上有唐代的寺庙建筑——错宗工巴寺，错宗工巴寺是西藏有名的宁玛派寺庙，宁玛派就是我们常说的"红教"。每年来这里朝圣的信徒络绎不绝。

林芝的历史极其悠久，可以追溯到西藏史前时期。20世纪70年代时，在尼洋河边发现了一批新石器时期的墓葬群和人类遗骨，这说明早在5000多年前，这里就已经有人类开始定居生活了。

最早的文字记录则见于林芝县门日区广久雍仲增村附近的工布第穆摩崖的石刻上，石刻面向西南，虽然已有1200多年的历史，但上面的字迹仍然看得清楚。上面的文字记载了这样一段历史：雅隆部落的第一代首领聂赤赞普，从波密来到工布的强妥神山，从这里开始他的雅隆部落首领生涯，前后共经历七世，全驻跸于藏南青瓦达孜宫。在大约公元1世纪前后，部落中的君臣之间发生争斗，第七代首领止贡赞普在争斗中被杀害，止贡赞普的两位王子聂赤和夏赤逃回了工布地区。为了夺回王位，后来弟弟夏赤便从工布返回雅隆，经过努力和从前亲信的帮助,夏赤成了雅隆部落的第八代首领布德功杰,而哥哥聂赤则留在工布地区成了工布人的首领,开始了工布土王的沿袭。

林芝地区南迦巴瓦峰(7782米),"云中的天堂"位列喜马拉雅山脉最美的十大名山之首。我们在雅鲁藏布江大峡谷最佳观景台观看南迦巴瓦峰,因它终年积雪,云雾缭绕,从来不轻易露出真面目,太阳出来,雾开云散,日照金顶,一瞬间就什么也看不见了。

"林芝"是由藏文"尼池"或"娘池"音译而来,藏语意为"娘氏家庭的宝座"或"太阳的宝座"。也有人将林芝誉为"西藏的西双版纳",可见林芝之美。在林芝,我感慨大自然的神奇,能在高原上设计出这样一个美丽适居的地方,真是太不可思议了。林芝真可谓是太阳的宝座,盛装着一切的美好。

看到这美丽的土地，不禁让我想起这一生的工作。因为我长年与煤矿资源打交道，未退休前，更多时间是我在地下的深处，勘察煤矿各种相关。单一的黑色，给予了新中国在现代化发展中的动力。这些宝贵的不可再生资源，需要我们用心珍惜，切不可白白浪费。

雅鲁藏布江大峡谷

后来,我们乘船畅游雅鲁藏布江大峡谷,它是世界上最深、最长、海拔最高的峡谷,也是中国最美丽的峡谷之一。整个峡谷地区冰川、绝壁、陡坡、泥石流和巨浪滔天的大河交织在一起,这里的环境不适宜人类的生存,至今许多地区仍无人涉足,被探险家们称为"地球上最后的秘境",也是地质科学少有的空白区之一。大峡谷迂回于崇山峻岭间,气势磅礴,像一条巨龙藏身于无限苍茫之中,是大自然造就的多彩世界。深邃的大峡谷与远处云雾缭绕的雪山南迦巴瓦峰、绿色的草垫构成一幅动静相宜的山水图画,被誉为离天堂最近的人间仙境。

雅鲁藏布江大峡谷的神奇在于它为印度洋的水汽穿越喜马拉雅山提供一个大的运送通道。也正是由于大峡谷水汽通道带来的水分和热量,造就了西藏东南部地区优美的自然环境。假如要用几个字来概括大峡谷的话,我们可以用 10 个字来形容它,那就是:长、深、高、险、奇、壮、润、幽、低、秀。大峡谷的两边,简直就是垂直的自然博物馆,这里保留了许多珍稀的动物、植物,正因为这里不适合人类生存，这些珍稀的动植物才得以保留。河谷的平原上，远远看去是由一片黄色和紫白色组成的"油画"，黄色的是油菜花，紫白色的是豌豆花，它们如画一般镶嵌在油绿绿的青稞地里。

更为奇特的是雅鲁藏布江大峡谷是在东喜马拉雅山脉尾闾处，由东西走向突然向南折去，然后沿东喜马拉雅山脉南斜面夺路而下，最终流入印度洋，在这样一个走势下，形成独有的马蹄形大拐弯。蜿蜒如上古时代的神兽巨蟒在这里通过，又或是一条龙，在这里盘踞后游入大海一般。大自然能让地壳有这样一条裂缝，由此这里的生态环境成了适合动植物生存，让人心动的地方。

> 孔子曾站在河流前感慨地说：逝者如斯夫，不舍昼夜！时间总是向前奔腾不逆转的，若说人生是一趟单程的列车，不如说是一次单程的航行，在时间之河的推动下，奔向更深广的大海，驶向人生的彼岸。

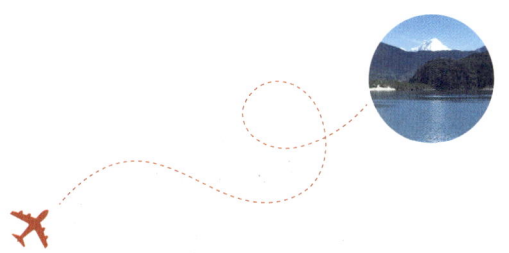

江孜古城

我们小团五个人加上司机和导游一共七人,这是一场纯粹的自由行,因为来一次西藏不容易,我们提出到江孜古城玩玩,当时江孜古城还未纳入西藏景点,所以去的人特别少。

我们一路欢歌到了江孜古城(也叫英雄城)的宗山古堡,这里是江孜人民英勇抗击英国侵略者的遗迹,堡前为他们立上了英雄纪念碑。至今城堡还保留着抗英炮台,我们站在古炮台旁边,向下望去,看着陡峭的山坡,回想着历史的故事。

 导游给我们讲述了19世纪当地人民抗击英国侵略者的故事,包括他们拼死抵抗、宁死不屈的精神,最后战士跳崖的壮烈,表达了反击侵略者的决心。据说电影《红河谷》就是根据这段历史改编而成的。

回程随感

回程的路程是穿城而过的，藏族同胞房屋最大的特色是围墙，远远望去，像是独特图案的艺术之作，走近一看才发现，一团团、一圈圈、从上到下贴的竟然是牛粪。冬天到了就一块块揭下来烧火做饭、取暖，即便燃烧也没有臭味。由于这里地处偏远，极少有游客，当地人几乎没有收入来源，生活看上去较为贫困，几个藏族同胞小孩围着我们好奇地打量着，我们拿了些带的巧克力，光是漂亮的包装就吸引了他们的目光。

我们告诉他们这是可以吃的,孩子们好奇地拆开包装纸,看了看慢慢地吃下去,突然高兴得合不拢嘴,孩子们纯净的眼神带着纯真的笑容,让我们的心情也变得像他们的笑容一样灿烂。

 回到拉萨,我们在夕阳下的布达拉宫广场前照相留念。西藏之旅引导着我们遍游全国的美丽山川,产生了走向世界的梦想。

唐古拉山脉

是青藏高原中部的一条近东西走向的山脉,位于中国西藏自治区东北部与青海省交界处,东段为西藏与青海的界山,东南部延伸到横断山脉的云岭和怒山。在蒙古语中意为"雄鹰飞不过去的高山",藏语意为"高原上的山",山脉高度在海拔6000米左右,最高峰各拉丹冬海拔6621米,唐古拉山峰海拔6099米。唐古拉山口的海拔虽高达5220米,却因高差小、坡缓而并不显得险要和难以逾越。

唐古拉山峰上发育有小型冰川,为长江、澜沧江、怒江等河流的发源地。气温低,年平均气温-4.4℃,有多年冻土分布,冻土厚度70~88米,植被以高寒草原为主,混生有垫状植物。

野牦牛

家养牦牛的野生同类,四肢强壮,身被长毛,体长200~260厘米,尾长80~100厘米,体重500~600千克,雄性个体明显大于雌性个体,胸腹部的毛几乎垂到地上,可遮风挡雨,舌头上有肉齿,凶猛善战。栖息于海拔3000~6000米的高山草甸地带,人迹罕至的高山大峰、山间盆地、高寒草原、高寒荒漠草原等各种环境中,夏季甚至可以到海拔5000~6000米的地方,活动于雪线下缘。为青藏高原特有牛种,国家一级保护动物。

藏羚羊

体长117~146厘米，尾长15~20厘米，体重45~60千克。毛厚细密，呈淡黄褐色，略染一些粉红色，腹部、四肢内侧为白色，雄兽面部、四肢前缘为黑色或黑褐色，雌性略小，雄性有黑色长角，头部宽而长，雄兽的吻部粗壮多毛，上唇宽厚，没有眶下腺。鼻部肿胀而略微隆起，鼻腔宽阔，向两侧呈半球状鼓胀，鼻端被毛，鼻孔较大，略向下弯。栖息于海拔3700~5500米的高山草原、草甸和高寒荒漠地带，早晚觅食，善奔跑。可结成上万只的大群，为国家一级保护动物。

藏野驴

全称西藏野驴，是所有野生驴中体型最大的一种，外形与蒙古野驴相似，比起家养的小毛驴多了几分矫健。体长可达2米多，头长182~214厘米，尾长32~45厘米，重量250~400千克。头部较短，耳较长，吻端圆钝，颜色偏黑。全身被毛以红棕色为主，耳尖、背部脊线、鬃毛、尾部末端被毛颜色深，吻端上方、颈下、胸部、腹部、四肢等处被毛白色，与躯干两侧颜色界限分明。

前肢内侧均有圆形胼胝体，俗称"夜眼"，蹄较窄而高，可以说是高头骏驴，因此在当地人们常常把它们叫作"野马"。主要分布在中国青海的玉树、果洛、海北和海西州，甘肃的阿克塞、肃南和玛曲，新疆的阿尔金山等地，西藏北部和四川西部也有分布。

沱沱河

　　河道开阔、水流交织的长江西源——沱沱河。沱沱河又称托托河、乌兰木伦河,蒙古语意为"红河",位于青海省格尔木市南部唐古拉山镇。

　　沱沱河发源于各拉丹东雪山的姜根迪如冰川,是一些冰川、冰斗的融水汇成的小溪流,这时沱沱河的水面深只有20多厘米,宽只有3米,在向北流过9千米长的距离,于巴冬山下同尕恰迪如岗雪山的冰川融水交汇,经过一条长约15千米的谷地,继续向北,分成了两条宽4米和6米的小河,小河两边的谷地中还有许多水流,这里是沱沱河的上源。在这片谷地的出口,河谷突然下切,形成了一条长约5千米,高达20多米的陡峭峡谷。

纳木错

位于西藏自治区中部,是西藏第二大湖泊,也是中国第三大的咸水湖。湖面海拔 4718 米,形状近似长方形,东西长 70 多千米,南北宽 30 多千米,面积约 1920 平方千米,蓄水量 768 亿立方米。

白牦牛

全身被毛纯白,密长且丰厚,耐严寒。头部有角或无角,角粗长,黄褐色,角形向外上方或向后上方月牙形伸出,角轮明显,角尖锋利。嘴唇圆而薄,采食灵活,成年公牛体高为 121 厘米,体重为 260 千克;成年母牛体高为 108 厘米,体重为 190 千克。白牦牛是中国及世界稀有珍贵的地方类半野生特有种群,白牦牛产于甘肃省武威市天祝藏族自治县,以该县的西大滩、朵什乡、抓喜秀龙滩(汉语称永丰滩)和阿岷沿沟草原为主要产地。其中天祝白牦牛是国家一级保护动物。

文成公主

　　文成公主原本是李唐远支宗室女,唐太宗贞观十四年(640年),唐太宗李世民封其为文成公主。贞观十五年(641年)文成公主远嫁吐蕃,成为吐蕃赞普松赞干布的王后。永隆元年(680年),文成公主因患天花去世,吐蕃王朝为她举行隆重的葬礼,唐遣使臣赴吐蕃吊祭。拉萨至今仍保存纪念她的塑像,距今已有1300多年。文成公主与吐蕃松赞干布和亲,开创了唐蕃交好的新时代。

松赞干布

松赞干布是吐蕃王朝第 33 任赞普,是吐蕃王朝实际上的立国之君。在位期间(629—650 年),迁都逻些(今西藏拉萨)。他发展农牧业生产,推广灌溉,命人制定文字,颁行治理吐蕃之"大法令",以处理赞普王室与世家贵族、诸小邦及社会各阶层的关系,创设行政制度和军事制度,设置官职品阶,颁布律令,统一度量衡和课税制度,促进了吐蕃政治、经济、文化的全面发展。

贞观十五年(641 年),松赞干布至柏海(今青海扎陵湖鄂陵湖)迎娶唐宗室女文成公主。唐封他为驸马都尉、西海郡王。松赞干布又遣贵族子弟至长安入太学,学习诗书,请中原文士掌管其表疏。唐高宗时,松赞干布献金银珠宝 15 种,促进了汉藏文化的交流。

岗巴拉山

　　岗巴拉山海拔 5030 米，岗巴拉山口海拔 4990 米，位于西藏山南地区浪卡子县和贡嘎县之间。

玛尼堆

　　藏语称"朵帮"，也被称为"神堆"。就是垒起来的石头之意，这些石块和石板上，大都刻有神像造像、六字箴言、慧眼、各种吉祥图案，在西藏各地几乎都可以看到这样一座座以石块和石板垒成的祭坛。

风马旗

藏区各山河路口寺庙民舍等处都可见到印有经文图案成串系于绳索之上的小旗,这一面面小旗在藏语中称为"隆达",也有人称之为"祭马""禄马""经幡""祈愿幡"。不过,人们更习惯称它为"风马旗",因为隆在藏语中是"风"的意思,达是"马"的意思。据说风马旗是古象雄时代所流传下来的习俗。关于风马旗,有着很多种美丽的传说。

最常听到的一个传说是:一个藏族僧人在印度取得真经回来的路上,过河时,把经书弄湿了,他把经书全摊开晾晒,自己坐在一棵大树下打坐入定。突然间,天地响起法锣、法号,阵阵梵音回荡,僧人感觉浑身通泰,大彻大悟。他睁开眼睛,原来一阵风起,刮得经书满天、满地、满河面。

据说人们为了纪念这个僧人的顿悟和颂扬佛经,就把经书印在布上,直接挂于天地之间。那些飘扬在风中的彩旗天长日久便成了如今祈祷用的经幡,以此来表达他们对上天的虔诚和敬意。故而风马旗成为藏族民间民俗文化的重要表现形式,是藏族苯教与藏传佛教互相融合后文化精神的外化象征。

梵呗

梵,是印度语"清净"的意思;呗,是印度语"呗匿"的略称,意为"赞颂"或"歌咏"。梵呗是佛教徒举行宗教仪式时,在佛、菩萨前歌诵、供养、止断、赞叹的音声修行法门,包括赞呗、念唱。但请注意,梵呗与梵乐、佛曲、佛乐有截然不同的区别,不能等同于音乐。

宁玛派

宁玛派是藏传佛教的重要派别之一。宁玛一词的意思为"古"或"旧",宁玛派即古派或旧派,是藏传佛教各教派中历史最悠久的一个教派。由于该派的僧人都戴红色僧帽,因此也被称为"红教"。

第二部分 奇幻南极

我从西藏到南极

「南极」

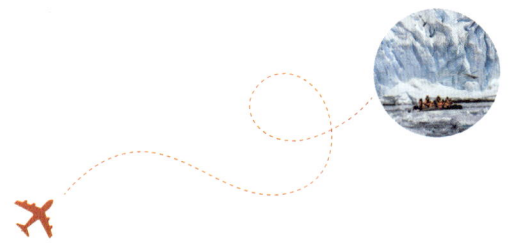

火地岛乌斯怀亚

通往南极的路是漫长的、遥远的,那是飞越半个地球的旅程,一共23785千米。

我们的目标是到阿根廷最南部的城市乌斯怀亚,那里是离南极最近的大陆城市,也是离中国最远的城市。为此我们体会了人生中最漫长的一次飞行:北京—多哈;多哈—经停圣保罗—布宜诺斯艾利斯;布宜诺斯艾利斯—乌斯怀亚。

2013年11月5日从北京出发,凌晨1:20准时登机,结果一直不能起飞,直到3:00才起飞,在多哈只有2个小时的转机时间,也不知能否赶上?天亮醒来,还在空中,下面能看到波斯湾了,迪拜填海的壮丽景观就在下面,直到7:00才到多哈降落。一群人从到达厅直冲到出发厅排队登机,多亏联程的两个航段

都是卡塔尔航空，等了我们半个多小时，又是一个洲际航程，19个小时。在巴西圣保罗机场短暂停留后，晚上9：00，飞机降落在布宜诺斯艾利斯国际机场。我们在市内宾馆休息一晚后，次日早上又赶往机场，三个半小时后，下午1：30，我们终于到达离中国最远的城市——火地岛首府乌斯怀亚。

30多个小时的航程，23785公里，我们跨越了11个时区，虽然疲乏，但是也倍感新奇。

乌斯怀亚是地球上最南端的城市，是通往南极的跳板，号称"世界的尽头"，科考的、探险的、旅游的或仅仅是想到天边的各色之人会聚于此，感受人类社会独有的繁华。

我们几个人又何尝不是，身体的疲惫、精神的亢奋，我们贪婪地呼吸着繁华的气息，在此小住一晚，等候明天下午的登船。

乌斯怀亚是阿根廷火地岛地区的首府。在比格尔海峡的北岸乌斯怀亚湾畔。乌斯怀亚距离南极洲只有800千米，从澳大利亚、新西兰等地乘船前往南极洲，至少需要一周的时间，而由乌斯怀亚起航，越过德雷克海峡，两天便可到达，要想前往南极洲探险和考察，乌斯怀亚是一个理想的起点和跳板。在当地土著部落亚马纳语中，乌斯怀亚的含义是"向西深入的海湾""美丽的海湾"。

乌斯怀亚是离南极最近的人类定居点，也是南极考察船只最后的补给点，这个码头是各色邮轮、科考船的停歇之地。有人到了这里就认为到了世界的尽头，有人从这里开始，跨越艰险，踏上新的

旅途。失意的人、豪情满怀的人、退缩的人、无所畏惧的人都会聚于此，找到各自的终点或起点。明天，那艘蓝色的船将载着我们的梦想驶向南极。

乌斯怀亚是遥远的极寒之地，为开疆拓土，阿根廷政府将重刑犯和政治犯流放于此。1896年1月，第一批14名罪犯乘坐海军船"五月一日"号抵达该地。1902年，一个永久性的国家监狱在城东开始

建造，到了 1920 年，它已发展成一个由 5 个主楼组成的监狱。其平面排列成扇子形状，各主楼的末端相连于一个中央大堂，颇具特色。该监狱的建造工程和乌斯怀亚初期兴建的劳动力都是罪犯。1947 年由贝隆总统颁令关闭的监狱，现已用作海洋博物馆。

乌斯怀亚是个时刻让你惊艳的小城，每一栋房屋的建筑风格都各具特色，其材料多变，颜色大胆，却又和谐相处。这里的天气也一样，一会儿风雪交加，一会儿晴空万里，对此我们感到神奇，但街头的狗早已见怪不怪。

世界尽头的灯塔，

对于那些眷恋人间的人，

它静静地告诉你，

回头吧；

对于无畏的冒险者，

它默默地照亮前行的方向；

对于归来者，

它静静地照亮回归人间的水路；

对于无法归来者，

闪亮的灯光、海风的呼啸

是对灵魂的赞美与呼唤……

真正地理意义上世界尽头的灯塔并非在乌斯怀亚，而是 1991 年智利政府在合恩角上修建的灯塔。

令人感到讽刺的是:人间的尽头实际上是动物的乐园。

 从乌斯怀亚出港后是比格尔水道,也是阿根廷和智利的国界线,这里有许多无人的小岛,这里风景荒凉、奇幻。

开往南极的船

11月7日下午4时,我们登上破冰船,这艘船共有五层,包括酒吧厅、咖啡厅、健身房、景观大厅、演讲厅、商店、书店等,还可以参观导航室和驾驶室。但是切记,千万不要吹口哨,有种说法是:吹口哨是呼唤狂风的意思,容易招致风暴的来袭。

房间里,电视、衣柜、洗衣机、卫生间样样齐全,两张单人床,我们坐在床边可以清楚地看见外面的大海,此刻什么烦恼都没有了,

只有新奇和快乐,大家像孩子一样,欢快地上蹿下跳、跑前跑后,只愁没有长四只眼和四条腿。去往南极的游轮就是一个漂浮在海上的七星级宾馆,真幸福啊!看那老头多高兴啊,高兴得不知不觉地打起了太极拳!

船员和领队们是真正来自"五湖四海"的人。船长是俄罗斯人,驾船的二副是巴拿马人,戴眼镜的地质学家是德国人,还有个在北半球的夏天于北冰洋的船上工作、南半球的夏天于南极的船上工作的加拿大领队。经过美丽壮观的毕格尔水道,邮轮乘风破浪前往遥远的地球边缘,展开了神奇的南极探秘之旅。

不知从什么时候开始,我们感到船开始摇晃,感到头晕。推开窗往外一看,天啊!一个大浪像山一样向船撞击过来,一浪接着一浪,大约有七八米高(德雷克海峡一般都是12米左右的浪)。啊!这就是世界最大、最危险的风浪区,这就是魔鬼西风带死亡走廊。听别人讲解,大西洋、印度洋和太平洋的南部海域围绕构成的宽阔海域环绕南极洲,使其与外界隔离,形成的西风带不断地吹,由于没有

052 | 我 | 从 | 西 | 藏 | 到 | 南 | 极 |

| 第二部分 | 奇幻南极　053

任何障碍，风越循环越快，越吹越有劲，便形成了地球上唯一特大的风浪区——咆哮的西风带。多少年来，很多轮船因此葬身于魔鬼海底。

南极酷寒、干旱、烈风的气候特征，使其成为全球最寒冷、最干旱、风速最大的大洲，冬季平均气温在-70℃到-40℃之间，夏季为-35℃到-15℃之间。随着海浪越来越激烈，我老伴头疼欲裂，随之呕吐，最后吐得五脏六腑感觉都要往外跑，真是进了活地狱，很恐怖。地理杂志社李栓科社长总结道"一言不发、两眼无神、三餐不吃、四肢无力、五脏翻腾、六神无主、七上八下、久卧不起、十分难受"，太有水平了。我们也曾体验过西藏高原海拔5000米

以上的缺氧，与海上颠簸相比，缺氧真是小菜一碟，心里甚至想着能活着到达南极吗？

随后的8日、9日都是航行在波涛汹涌的德雷克海峡。宽640千米，最大深度约5248米。形象的表达就是：假如把两座华山和一座衡山叠放到海峡中，估计连山头都不会露出水面。这里风浪极大，即便万吨的巨轮，在波涛汹涌的海面上，也会像一片树叶；这个比方一点都不夸张。这片终年不息、狂风怒号的海峡，历史上曾令无数船只倾覆海底。于是，它的恶名数不胜数，比如："杀人西风带""暴风走廊""魔鬼海峡"等。它确实是一条名副其实的"死亡走廊"。

当时，西班牙占领了南美大陆，为了切断其他西方国家与亚洲

和美洲的贸易，他们封锁航路，严禁一切他国船只来往，使太平洋变为西班牙的私海。就在那个时候，英国人德雷克的贩奴船受到攻击，德雷克侥幸逃脱，为了报复成为专门抢劫西班牙商船的海盗。1577年，德雷克在躲避西班牙军舰追捕时，无意间发现了这一海峡。这一发现，为英国找到了一条不需要经过麦哲伦海峡就能进入太平洋的新航道。从此这里便以发现者的名字命名。这位发现者就是16世纪英国的大海盗弗朗西斯·德雷克。讽刺的是，他本人从未从此处穿行过，只去过水面更为温和的 Magelian（麦哲伦海峡）海峡。

船上的医生给了一片有24小时疗效的晕船药，真管用，吃完像死狗一样躺在床上，不知又走了多长时间，船还在摇晃，只是感到没有那么剧烈了。吃饭的时候，我抓着扶手，步履艰难地爬到餐厅，一看全船旅伴有100多人，在餐厅也就30多人，餐厅是风浪大小的晴雨表。我立马高兴了，原来有很多人都在同甘共苦，我们要跟大家分享幸福和痛苦。去餐厅的人也跟鸭子似的摇摇晃晃，只有船上的船员（他们都是外国人）因长期在船上生活，走路的姿态优美，知道这时候中国人最需要的就是稀饭，有位师傅手拿大勺，用含糊的中文大声喊着："快来呀！稀饭！稀饭！"大家都很高兴。这时饭菜上来了，我们刚闻到饭菜的味道,就又要吐了,忙向外跑,好在满船都是呕吐袋,餐厅门口地下躺着年轻的女游伴,脸色难看,也不在意自己的姿态,什么都不顾了。假如不是她的同伴挡了一下,别人可能一脚就踩到她身上了。

南极,梦的起点!往回走,恍惚间好像到了医院,各个房门大都开着,看着躺在床上一张张苍白如纸的脸,怕!真可怕!

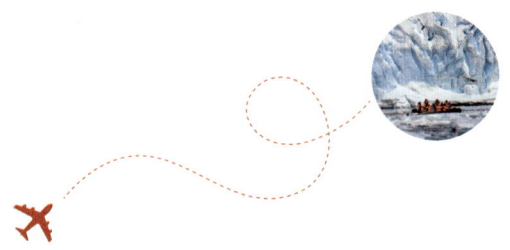

乔治王岛的海湾

我在甲板上游荡,尽管天气很好,但是海风极大,深蓝色的海水点缀着些许白色的浪花,远处的地平线上天空堆积着蒙蒙的云,景色单调。11月9日下午3时左右,船上广播说快到陆地了。渐渐地,地平线上的灰白中出现了一些纯白的斑块,慢慢地变得清晰。它是冰山和冰雪覆盖着的陆地,也是我拍摄的第一张南极的照片,虽然不够清晰,但是足够真实,未知的世界在我的眼前慢慢地浮现,

最后映入眼帘，没有激动的雀跃。让它慢慢地走入我们的视线，平静却神奇……就是这种感觉。

南极，不是一个寂静的世界，

相反，有些喧杂，

它的天空是鸟类的，海里是鱼虾的，

人类的寂寞世界却是生物们的喧嚣天堂。

我们的船停靠在南设德兰群岛中最大的一个叫作乔治王岛的海湾里，此岛1295平方千米，只有10%没有冰雪覆盖。大约10多个国家在此岛建立了科考站，其中中国的长城科考站规模较大、研究项目较多、设备较齐全。

11月9日17时30分，大船停泊好，船长便安排我们乘坐小艇巡游和登岛参观。是否登岛是由船长及探险队长根据天气来决定的。我们的运气好极了，刚到南极就可以登岛，我们分成两组，一组先登岛，一组游海湾，大约一个多小时换一次班（因有规定，为了生态环境，每次登岛不得超过100人）。我们穿上厚厚的保暖衣，套上快到膝盖的高筒靴，通过消毒通道（不让细菌污染了这纯洁的净土）。从楼梯口下到橡皮艇上，每艇大约10个人，一个探险队员驾驶，再选一位英语好的人做翻译。我儿子有幸成为最佳翻译兼联络员，一路给大家翻译了南

极及相关趣味知识,顺利开启了我们的巡游之旅。快回头看,接人的小船撞到浮冰上,他是有意让大家高兴吧。

巡游结束,接着就该登岛了。橡皮艇是靠不着岸边的,需要大家从浅海走到岸上,这时的高筒靴就有用武之地了。

踏上厚厚的冰雪,一步步小心地往前走,看见了!祖国的长城站,长城站是1985年建站,在1987年和1988年的夏季,这里曾经放飞数百只和平鸽,几乎当日全部被冻死。

由此可见,极地的寒冷真是恐怖!(说一段小插曲,一位从上

海来的"老兄",今年才59岁,由于心情过于激动,高兴得得意忘形,没有注意脚下厚厚的冰雪,在雪地里一下子"吧嗒"摔倒了,引得大家哈哈大笑,可那位"老兄"好久不起来,经临时医生检查,原来是他的腿骨折了。这以后,大家变得战战兢兢了,身处这么偏远的地方,没有优良的医疗条件,该怎么办?大家赶快想办法与智利的海军基地联系,询问他们是否能派架直升机将他接回大陆进行治疗,结果因德雷克海峡暴风雪太大,直升机飞不过来。我们等了一个晚上,

只好将他安排在科考站。可怜的老兄,在南极第一天就……唉!也许在此冰天雪地里住上"高级宾馆",也是此生难求的一件事。)

南极的奇幻之旅,真是令我印象深刻。此次旅行,主要由我儿子邓南带队。

我踏上南极半岛的第一个脚步是在南纬62度12分59秒、西经58度57分52秒,中国长城科考站,这里距北京17501.949千米。心情真是无比激动、兴奋!不亲自来这一趟,恐怕会留下遗憾。

我 | 从 | 西 | 藏 | 到 | 南 | 极

南极的"冰"与企鹅们

冰海巡游众生相,留得激情南极洲。不临此境不知醉,吞冰饮雪乐悠悠。

蓝冰是南极最有特色的奇观,点缀了单调的灰色和白色。你知道吗,它们都是千米之下的精灵逃出海面才让我们有幸一睹。(科普:新降的雪轻松柔软,随着狂风飞舞,六角形的雪在碰撞中被磨平棱角,变成碎雪降落形成风,积雪堆积在表层,它的密度是每立方米400千克。后来的降雪逐渐堆积,随着深度和压力的增加变

成粒雪，到 70~100 米深时，雪晶体之间的空气被压缩成一个个独立的小气泡，变成白色的气泡冰，其密度为每立方米 820 千克。当深度超过 1200 米时，巨大的压力使冰中的气泡消失，细小的冰晶迅速融合扩大成巨大的单晶冰，最大直径可达 10 厘米，形成坚硬的蓝冰。）

11 月 10 日南极上午 7 时，海、天都是一种静谧的灰色调，只有一条曙光劈开了天地，让大家猜测今天是狂风巨浪还是晴空万里。

企鹅生长在常年气温 $-60\,℃$ 到 $-80\,℃$ 之间的南极，这里时不时还会有高达 12 级的暴风雪，茫茫白昼和漫漫长夜，其生存环境极端恶劣。尽管如此，美丽的生命却选择了这片荒凉之地作为栖息地，顽强地生长和繁衍后代，它们守护着南极历数千万年。

企鹅是南极最大的特点，也是南极的骄傲。形态各异的帽带企鹅又称"纹颊企鹅"，它们因头部下面黑色条纹形似帽子的带子而得名。它们在陆地上滑行游走，一旦下海捕食，潜水深度可达 100 米。

企鹅是南极的精灵，憨态可掬。你看！有一群企鹅正拍着手向我们走来。

世界上有 18 种企鹅，南极有 7 种，数量最多。看这巴布亚企鹅，又叫"白眉企鹅"，它们最大的特点是小企鹅完全换完羽毛后，还

068 | 我 | 从 | 西 | 藏 | 到 | 南 | 极 |

| 第二部分 | 奇幻南极   069

会和父母生活在一起,不愿自立,是企鹅中的"啃老族"。在冰天雪地里,一晃一摆地走着,一副笨拙的样子。大家都穿着标配的"燕尾服",绅士风度般挺着大肚子,高傲地哼着。可别小瞧它们笨笨的样子,一旦入水,灵巧动作比鱼都灵活,上上下下再无竞争对手,游速可高达 36 千米每小时,企鹅主要以磷虾为食。磷虾身长仅 6 厘米,2 克重。生命周期 6~7 年,生活在 4℃以下的海域,成群的磷虾浮在海面下使得整个海水呈现出一大片粉红色。磷虾还是海豹、鱼、信天翁等动物的重要食物来源。如果不是这样,估计磷虾要统治整个南极了。磷虾的存在对生态环境的平衡起着至关重要的作用。

洁白无瑕、冰雪覆盖的大地,耸立着黑色的山头,千万只企鹅筑巢栖息,聒噪声连绵不断,然而"蝉噪林亦尽,鸟鸣山更幽",静美无限。

一眼望不到边的冰架是陆地冰与大陆架相连的冰体延伸到海洋的部分,大多是平顶冰架,体积重量极为庞大,很多裂口冰落入海

| 第二部分 | 奇幻南极   071

我 从 西 藏 到 南 极

中成为高出水面5米以上的巨大冰山。南极大陆超过98%的面积被常年不化的冰雪覆盖，形成永久性的冰层，它的淡水资源占地球90%左右。

 自然界的动物都有着生存的法则，无论是捕食者，还是作为食物，它们都和人类一样，秉承着"物竞天择，适者生存"的法则，可能磷虾会不服，为什么？为什么这里的动物都要以我为食？可能这就是弱肉强食吧！即使在地球的极点——南极，也不会例外。

第二部分 | 奇幻南极　075

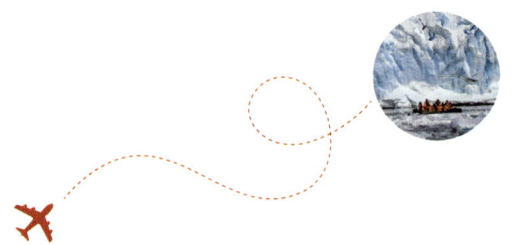

天堂湾 / 帕拉代斯湾

11月11日上午,我们在冰海中航行,目的地是天堂湾。地名是美好的,但一路都是阴霾的天气,只有海上不时漂过的浮冰在灰暗中透出明亮的蓝色,这些冰山90%都在水下,那一抹蓝色是惊艳,也是诱惑,接近它也许就是冰海沉船。

漂浮在海面上的浮冰,晶莹中透出幽幽的蓝色之光。无数的蓝冰由于南极地区的常年积雪,再经过万年地不断挤压,变得质密坚硬,对光线的吸收能力变强,无色透明的冰变成人们看到的蓝色。人间

的玉能和晶莹剔透的蓝冰相提并论吗？大家沉浸在这极地独特风光的大美之中，领略那让人心驰神往的景色。

天堂湾又称帕拉代斯湾，我们看见三面冰雪覆盖的高山及令人震惊的巨大冰川。天堂湾可以说是南极半岛沿岸风景最美丽的地方，群山倒影、浮冰占据了海面的每个角落，途经热拉什海峡及夏洛湾，它可以与天堂湾的美景相媲美。这里随处可见崩解的冰山，美景醉人。

红色的科考站点缀着寂寥的美景。

天堂湾的美丽是惊人的，智利科考站红色的建筑在冰川的映衬下与平静海面的倒影呈现出史诗般的平静和壮美。与我们想象中的天堂一模一样，只不过没有人亲眼见过天堂，美丽的寂寥是常人难以忍受的，特别是冬季的半年，除了无线电中的人声，这里没有任何的生机。

据说，有一年科考值班的人实在无法忍受，便放火烧了科考站，逼迫大陆派飞机冒险将他们接走。天堂只是属于梦境，我们还是带走美丽的记忆和照片，回到凡人的世界吧。

快看！这老头和船上的科学家们在这冰雪极地中，干脆来了个人体美，上帝呀！这才是真正的健美操吧！

极目远望，茫茫冰雪，宏伟冰架，陡峭的裂缝，放射出淡蓝的奇异光彩，美得令人情不自禁地狂跳起来。一阵兴奋后冷静下来，我们深思着什么？思绪万千，对着奇观感叹自己身在何处！

我们的破冰船继续前往冰封的大海，准备前往狭窄的纽马水道，到访英国科考站，盖上极地独一无二的印章。听说有一座小型博物馆，只有2~3个英国馆员，也只有到夏季才会开放。正高兴，传来一个"好消息"，由于水道冰层厚，时间又不够，破冰船很难前进，船长决定打道回府，真是无可奈何！留下了一个大大的遗憾！我们准备回长城科考站，接上那位可怜的老兄。他的南极之旅，经历了生死之关，在幸福中痛苦，不，在痛苦中"幸福"，归途中想想，也未必是一件坏事。谁有资格能在极地住上专设的"宾馆"做美梦呀！

12日上午6时，天空晴朗，海面平静，南极终于给我们展现出

另外一种风格。

看看，有没有海上珠峰的感觉。

一时晴空明媚，一时薄雾朦胧，一时阴云暗起。不停变换的景致让人目不暇接，这也展示出南极变幻无常的性格特点。

看吧，穿梭在冰山和浮冰之间，千姿百态，我们仿佛飘进了冰雕世界，玉石纹理，玉一般的光泽，让人震撼得眩晕，这等奇观，真令人永生难忘。

南极的天气变幻莫测，灰白色的主基调，层次感极强，这里是摄影爱好者的天堂！

当然，这里更是冒险家的天堂。说段感人的历史：挪威的阿蒙森探险队和英国的斯科特探险队竞争谁第一个到达南极点。他们忍受着暴风雪及冻伤的折磨，以惊人的毅力终于到达了南极点，阿蒙森成了人类征服南极点的第一人，他拥有了荣誉及一切。

南极点是地球最南端，是南半球所有经线汇聚之点。南极点位于极地高原中央海拔 3360 米处，千万年来人迹罕至的地球南极点，被阿蒙森和斯科特征服了。斯科特到达时，看见已经插在地上的挪威国旗。当时的心情是：梦想就这样破灭了！在归途中，天不遂人愿，暴风雪异常凶猛，温度-40℃，最后剩下3人在帐篷睡袋中等待着死神的来临。他们实现了南极梦，却成了一场悲剧。全军覆没，留下了15千克的标本、资料、日记，为后来地质学家的研究做出了极大的贡献。

另一个探险英雄沙克尔顿，虽然几次探险都没有达到南极点，但他们打通了去南极的大半段路。他的远征队是人类第一次到达南极。他率领的队伍离南极点只有

100多千米，他们在冰冷残酷的环境里饥寒交迫、筋疲力尽，毅然放弃了近在眼前的极点及荣誉，把大家都带了出来，无一人伤亡。跟他在一起是愉快和幸福的。他们给人们留下了珍贵的探险经验，更是令人尊敬的英雄。沙克尔顿在最后一次的南极探险中，不幸突发疾病死在了南乔治亚岛上。

在冰雪极寒的南极来一次南大洋的冰泳。需要多大的勇气！我作为船上年龄最大的75岁老爷子，看着儿子跳入冰海跟着兴奋起

来，父子情深，也跟着跳入冰海，那些不敢跳的旅伴们只能在一边高喊加油，羡慕之极。跳！好样的！共有 30 多人经历了人生中难得的一跳。

从极地的冰帘中探头往远处看，冷啊！跳吗？跳！

我身着泳装，
赤裸裸地走下舷梯。
寒风似箭，
刺扎着我老迈的身躯。
然而，
我感到激动与刺激！
逐渐失去自我，
纵身扑向南极冰冷的大海，
耳边响起船友们的呼喊。
当我重新登上舷梯，
振臂抖落满身的冰，
心潮澎湃，
感叹间带着骄傲和自信，
南极！我还会再来！

船头举办化装舞会，大家激动地跳着舞，喝着美酒，欣赏着即将离开的冰川。同快乐、同高呼，高谈阔论，询问着彼此以后还会再来吗？大家都说想再来看一看。海拔 4087 米，南极冰原的中心有

着最厚的冰层,有"不可接近之极"之称的中国昆仑科考站。有生之年再去一次北极,北极光、北极熊、大型冰山、冰极点。勇敢地去追梦吧!祝愿大家都能梦想成真!

结束了南极之旅,我们返回大陆,游览乌斯怀亚的国家公园。在世界最南端的小车站乘坐原始的蒸汽小火车,慢慢游览原始森林,茫茫林海,景不醉人人自醉。海狸筑坝,在这里,误引入的海狸没有天敌,繁衍过剩,大片的树皮被它们啃光,它们只能用枯枝或烂叶来筑坝生存。

这里有古印第安人住的低矮草棚,据说他们的身高只有 1.2 米。也有古树参天的原始森林里唯一的咖啡小屋。

> 我们浏览世界公路最南端的尽头——阿根廷 3 号公路,这里是世界最南端的淡水湖。人间的铁路、公路在这里也到尽头。它就是世界上著名的"天涯海角"。从这里再往南就是天堂,与世隔绝的净土了。在这冰天雪地里,漫山遍野的蒲公英花,开得那么鲜艳,雪峰湖泊,天尽头,任何财富都换不来眼前的绝美景色。

阿根廷 / 布宜诺斯艾利斯

我们来到布宜诺斯艾利斯的观光胜地"老虎洲",领略素有"南美威尼斯"之称的巴拉那河,欣赏着两岸宁静秀丽的景色。铁栏围封的是一位原总统别墅(现仅供参观)。

阿根廷首都是布宜诺斯艾利斯,南美洲的著名城市,这里集中了阿根廷的社会文明,有"南美小巴黎"的雅称。阿根廷是世界上

唯一从发达国家降为发展中国家的国家，人口约 3000 万，布宜诺斯艾利斯的原意是"一个空气新鲜的地方"。

独立广场是阿根廷的政治文化中心，相当于我们心中的天安门广场，最著名的景点有七九大道、独立纪念碑等。

周围的建筑古朴典雅，广场北边是教堂，东边是总统府（也称玫瑰宫）。

这里有世界三大剧院之一的科隆剧院。

在阿根廷，只有提起足球，才会一扫慵懒，连孩子也如痴如醉。那种狂热，那种奔放，那种火山喷发般的激情，难以用语言形容，那是玩啊！这和我们国家提倡的吃苦耐劳、勤俭持家相比，是何等别样的文化。

探戈起源于海港码头，约 1900 年，很多西班牙人、意大利人到阿根廷淘金。他们除了挣钱，还要打发无聊枯燥的生活。探戈把妓女和劳工紧紧绑在一起，他们打情骂俏，无意识的形体动作，逐步发展为成双成对的舞姿形式，诉说激情。大概过了 30 年，法国艺术家被阿根廷探戈舞震撼了，将探戈舞带到法国，经过欧洲文化的浸润，终于登上了世界高雅的舞蹈艺术殿堂，放出奇异的精彩。

足球和探戈是阿根廷不二的文化符号。关于足球，因为有马拉多纳，所以全世界都知道阿根廷。马拉多纳曾效力过的博卡青年队

也声名显赫。

　　河边停着一艘古船，这艘船曾随八国联军进入中国，1926年段祺瑞曾乘过此船，现在停在这里，向人们倾诉着历史……

　　回想南极，尽情感受那无处可寻的奇妙，留住那时的美好时光，使它永远不再遥远。那壮丽的景色，可爱绅士般的小精灵，令人永生难忘，天堂之美，人生极致之梦，那与世隔绝的净土，才是人间的伊甸园。

朋友们，去吧！值得！太值得！真的美妙无比！

愿我们此生永远生活在南极的梦中！

感怀

跨洋越海渡千帆，

南极仙翁案台前。

纵情狂饮一斗酒，

踏雪卧冰不思还。

踏着夕阳的余晖，盘点人生的子丑寅卯。在余生之年寻找机会出去转转，拓展感悟社会的广度，丰富人生的阅历，不辜负皇天后土的恩遇。携手妻儿和我尊敬的大姐走向南极，带回这难忘的意境和感受。

到南极，说也简单，买张票就去了；但也不易。我们踏上南极的2013年止，据奇航公司总经理耿阳明先生介绍，有记载登上南极的华人不足5000人，中国（包括港、澳、台）不足3000人。能成此行，甚是感慨。

乌斯怀亚

　　始建于1870年，1893年设城。位于火地岛的南部海岸，北靠安第斯山脉，面对连接两大洋的比格尔海峡。在当地土著部落亚马纳语中，乌斯怀亚的含义是"向西深入的海湾""美丽的海湾"，比格尔水道在这里形成一个大海湾。这里距南极半岛1000千米，是南极科学家不可缺少的补给基地，包括中国在内的各国南极考察船队都在此停泊过。目前，这里常住人口15000余人，其中80%是阿根廷人。主要经济部门是电器、木材、捕鱼和旅游业，阿根廷市场上的许多电视机是在这里用进口零件装配的。

乔治王岛

为南设得兰群岛中的最大岛屿,其气温较高、风光旖旎,不仅是企鹅、海豹、海鸟等极地动物的聚集地,也是南极地区科学考察站最为密集之地。

多个国家在乔治王岛上建有考察站,其中包括中国在1985年建立的长城站。

中国南极长城站

  中国南极长城站位于南极洲南设得兰群岛的乔治王岛西部的菲尔德斯半岛上，东临麦克斯维尔湾中的小海湾——长城湾，长城湾湾阔水深，进出方便，背后是终年积雪的山坡，水源充足。中国南极长城站是中国在南极建立的第一个科学考察站，以世界著名的中国长城命名。长城站站区南北长 2 千米，东西宽 1.26 千米，占地面积 2.52 平方千米；该站自建站以来经过四次扩建，现已经有包括筑 7 栋主体建筑（医务文体楼、通讯楼、办公楼、科研楼、气象楼、宿舍楼）在内的各种建筑 25 座。

白眉企鹅

　　企鹅科阿德利企鹅属的鸟类,又名巴布亚企鹅、金图企鹅。是继帝企鹅和王企鹅之后体形最大的企鹅物种。生活在福克兰群岛(Falklands Islands)和南极半岛、南设得兰群岛、南乔治亚岛等若干座岛屿,对深海捕鱼颇为擅长。它体长约60~80厘米,橘红色的喙和蹼,眼旁有白色羽毛。幼企鹅背部呈灰色,腹部呈白色。

　　巴布亚企鹅通常在近海较浅处觅食,主要食物为鱼和南极磷虾。巴布亚企鹅有时会深潜至海中100米深处,但潜水时间通常仅持续0.5~1.5分钟,很少有超过2分钟,而且有85%潜水不足20米。另外,它们是企鹅家族中最快速的泳手,游泳的时速可达36千米。

食蟹海豹

又称"锯齿海豹"。雌性体长多在2.16~2.41米,最长3.00米;雄兽2.03~2.41米,最长2.57米,重200~300千克。嘴脸甚长,拱嘴颇像猪。每年1~2月蜕毛,刚蜕毛后体背深褐,向腹面渐成亚麻色,体背和侧面常有大褐色斑,各鳍都是深色。主要以南极类似磷虾的黑眼虾为食。10~12月交尾,孕期9个月,成体兽受孕率占80%,9~11月在浮冰上产仔。哺乳期约4周。生长迅速,2~3年性成熟。喜独栖,在冰上行动迅速,是鳍脚类中数量最多的一种。分布于南极大陆周围浮冰上,呈环极性分布。有的也达新西兰、澳大利亚、南非和南美南端。

科隆剧院

又称"哥伦布大剧院",由名建筑师弗朗西斯科·塔布里尼设计,于1889年始建,1908年建成。位于阿根廷首都布宜诺斯艾利斯市中心,是布宜诺斯艾利斯七月九日大街广场上的著名剧院,更是座典型的、文艺复兴式的庞然大物,为仅次于纽约大都会歌剧院和米兰拉斯卡拉剧院的世界第三大歌剧院。

科隆剧院是按照19世纪巴黎歌剧院和维也纳国家歌剧院等欧洲大剧院的传统建筑形式设计的,具有浓郁的欧洲古典剧院风格。既有文艺复兴时期的意大利建筑风格,又有德国建筑的宏伟坚固和法国建筑优美大方的特点。剧场呈马蹄形,周围有三层包厢、四层楼座,设有总统和市长专人包厢。剧场内的主调颜色是大红和金黄。乐池可容纳120人并可由升降机抬高到舞台水平,供大型交响乐或交响合唱队演出使用。舞台长35.25米,宽34.5米。

在2500个观众席外,还能容纳1000个站着的观众。单是正厅前排就有632个座位,座位之间宽敞舒适。世界第一流的剧团、芭蕾舞团以及著名的歌唱家、钢琴家、芭蕾舞大师和歌剧明星,都以能来这座艺术之宫演出为荣。

探戈

探戈（tango）是一种双人舞蹈，流行于阿根廷。探戈早期是拉丁舞项目，后演变成摩登舞五种舞项目之一，目前探戈是国际标准舞大赛正式项目之一。探戈舞伴奏音乐为2/4拍，在实际演奏时，将每个四分音符化为两个八分音符，使每一小节有四个八分音符。

跳探戈舞时，男士打领结穿深色晚礼服，女士着一侧高开衩的长裙，男女双方靠得较紧，男士搂抱的右臂和女士的左臂都要更向里一些，身体要相互接触，重心偏移，男士重心在右脚，女士重心在左脚。男女双方不对视，定位时男女双方都向自己的左侧看。探戈音乐节奏明快，舞步华丽高雅、热烈狂放且变化无穷，交叉步、踢腿、跳跃、旋转，令人眼花缭乱。

第三部分 漫步北欧

我从西藏到南极

「北欧」

冰岛

　　西藏去了,南极去了,岂能不去冰岛?我们准备乘冰岛航空公司客机前往世界最北边的首都雷克雅未克。经过仔细地安检,我们进入候机大厅。距离登机还有两个半小时,大家分散活动游览商店,令我奇怪的是进商店还要经过两道自检通道,当时没想太多,索性进去转转,又想没有什么可采购的商品,便回到原地接在门口等候的老姐。旁边是刚进来的入口,有一个外国人守在那儿,双手十分坚决的一摊"No!No!No!"不能出去,只有有证件的人才能出去。

　　我只好急得头顶冒汗地回到商店,左转右转就是转不出去,误了飞机可是大事,好在带了一个翻译机。在它的帮助下我边走边问,

转下楼去。又过一个自检关，就看到提行李的地方，后来竟然转出机场了。没办法，只好重新通过大安检再进机场，这才跟老姐会合，到登机口一看，剩下40分钟，现在想想真是害怕啊！我口干得冒烟，想买一瓶普通的矿泉水，一看价格98克朗！我的天！相当于人民币70多元，不喝了。正烦恼着，就看见我们团队的一对年轻人也"享受"了和我一样的待遇。难怪导游说老外是方脑袋，只认死规矩。真的领教了，大家以后旅行前可要做足功课。

踏上冰岛就像到了月球，一路都好荒凉，听说美国的宇航员就是在冰岛训练的。这个国家人口才30万，半年黑夜，不能种植。听导游说，用什么办法都不行，夏天表土融化、冬天结冻。动物只有老鼠和狐狸，靠着养羊和进口食品生活。天气变化多端，一天之内会有大风、下雨、晴天等变化，难以捉摸。

虽然冰岛靠近北极圈，这里却是一座火山岛屿，华人女导游已在冰岛生活了20多年。

后来，我们到了冰岛的著名景点蓝湖——世界最大的地热温泉。

蓝湖在一片荒芜的黑色山熔岩之间，有一个名叫史瓦特森格尼地热发电厂。三根巨大的烟囱是这里著名的地标。由于冰岛是多火山国家，蓝湖也位于一个死火山上，这里有天然的白硅泥，大家都把天然的美容泥涂沫脸上，你看我，我看你，哈哈大笑。蓝湖是乳蓝色，美得不可思议，外面温度5℃，湖水温度是38℃。人们泡在温泉里面，真是舒服，旅途的劳顿瞬间一扫而光。

这里有一个世界著名的自然景观间歇喷泉——盖锡尔喷泉，这个大喷泉四处冒出灼热的泉水，热气弥漫，如烟如雾，这片区域被称为"魔鬼的厨房"。

盖锡尔喷泉是一个约18米的圆池，水池中央的泉眼洞穴的水温可高达上百摄氏度。喷发前，只听洞内隆隆作响，渐渐响声越来越大，

沸水升涌，冲出洞口，从中间水柱变成蒸气直冲天上，约30~40米。这一过程周而复始，十分壮观，约8分钟反复一次，连看几次都不过瘾。当喷泉冲上天空时，人们自然地发出了狂吼声，真是令人难忘。这里不收门票，也没有高档酒店，更没有售卖纪念品的小贩，只有来自世界各地的游客，冰岛人就这样保护着大自然赐予他们的遗产——不开发，原生态。真是值得我们深思！

  这里有冰岛历史上最负盛名的圣地，西方民主的发源地，素有"世界最古老的民主会议会址"之称的辛格维利尔国家公园。

  这里有一处叫"法律石"的地方，站在这里说话，周围人都能听得很清楚，这种会议的方式就是原始议会的雏形。随着时间的流逝，

现在会议会址只剩下一面国旗立在那里，以便人们了解和回忆历史。公园内湖泊、草地、野花、裂谷构成一幅美丽的图案。大裂谷，是地球上最美丽的"伤疤"。大裂谷是北大西洋中脊背上的北美板块和亚欧大陆板块交接顶部的裂谷，也是它们的分界线。

我们沿着亚欧板块裂谷前行，左边的高地是北美板块，右边是亚欧板块，荒凉奇特的裂缝，我们边走边欣赏，边走边思考：地球究竟有多少神秘的地方还有待人们探索。中午吃的是冰岛的特色餐，无污染的小龙虾，每人一大盘，吃不下也得吃下去，不能浪费任何美味的食材。

黄金瀑布呈三角形阶梯状，是一个很有层次感的瀑布，也是冰岛最大的断层峡谷瀑布，落差50米左右，上下两道瀑布，下方河道变窄。我们登到最顶时，正赶下小雨，就是不下雨瀑布的冲击水也会像下雨一样，我们穿着雨衣，风大，吹得人站不住脚，全身湿透，

我们只能坚持再坚持，只为看那轰鸣倾泻而下的壮观。之后赶快下来，回到半道，天晴了！阳光下，一道彩虹跨过半边的瀑布，在蒸腾的水雾中，整个瀑布仿佛是用金子造就而成的，我们站在那里，久久不愿离开。

过了一会，我们来到了森林瀑布，森林瀑布，我们顺着右边的步行栈道爬上去，四周的植被茂密，瀑布从林中60多米的高处飞奔直下，气势磅礴，一泻千里。森林瀑布因一个古老的传说而闻名：当年有一群海盗发现了这个瀑布，向深潭里投下一大箱宝藏，消息传出后，真有人来此寻宝，最后在深潭

|第三部分|漫步北欧　　109

里找到箱子提手,至今还有手柄提手收藏在民间博物馆中的传言,宝藏成为悬而未决的案子。

后来,我们到最南端的维克小镇,这里的人口不过600余人。对面是一望无际的北大西洋著名的黑沙滩。辽阔的黑色沙滩覆盖着整个海岸边,黑沙为火山爆发后,高温岩浆遇海水迅速冷却形成细小的熔岩颗粒。黑沙滩黑得通透纯粹,没有杂质,捧上一把黑沙决不会沾染上一点黑色。要不是因为下雨,真想躺在上面体验下黑沙的魅力。

靠近海岸边中间的礁石石柱非常奇特。最神奇的是沙滩上那一座玄武岩石墙,大块岩石呈菱形排列成管风琴状,十分壮观。那天,风浪特大,几乎能把人吹跑,海浪高达12米,十分吓人,我们不敢靠近海边,只能远远地观看这些奇特景观。

冰岛是个神秘的国家,大家都认为冰岛一定是个超级寒冷的地方,可是当我们身临其境,才发现原来火山温泉竟然到处都是,冰岛是世界上地热资源最丰富的国家。所以平时感觉不冷,但冬天还是可能非常寒冷。冰岛的特点是气候恶劣,一天

中风雨、阴晴变化无常。夜晚，我们在冰岛雷克雅未克半夜看极光，一大群人从傍晚10点等到凌晨1点也没看见极光，我们等得厌烦，索性决定不看了，大家就回家睡觉了。可到凌晨2点之后，同行的旅伴们发来照片。极光！极光！只能感叹自己的运气不好。

雷克雅未克中心大教堂是冰岛最高的建筑，教堂新颖的设计和管风琴的结构成为该市的地标建筑。

假如一个人的一生一定要去三个地方,那我的推荐一定是中国西藏、南极和冰岛。中国西藏有着高原之美,南极是冰的世界,而冰岛的神秘极光就像月球表面的地貌,仿佛让你到达了另一个世界。一个人的眼界有多大,格局才会有多大,眼界决定格局,格局影响人生。世界真的很大,多去看看,胸怀会变得更宽广!

出来 从 西 藏 到 南 极

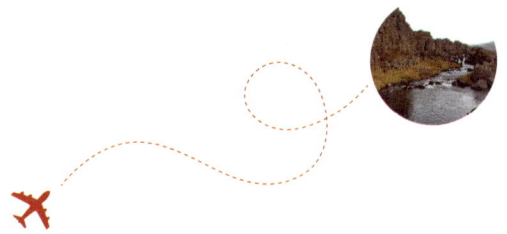

芬兰

  2018 年 9 月 20 日,我们来到了芬兰的首都赫尔辛基。首先参观了西贝柳斯公园,这里是为纪念芬兰音乐之父——西贝柳斯而建造的。这里是赫尔辛基的地标建筑。广场上耸立着一个巨大的管风琴,

每当清风吹过之时,管风琴就会发出悦耳美妙的音乐,这声音与绿树花草相交融。这里是赫尔辛基的文化广场。

接着我们参观的是位于市中心、闻名欧洲的岩石教堂,这是世界上唯一一座建在岩石中的教堂。由于该教堂外观丑陋,曾遭到大众的非议。教堂里面的形状很奇特,设计感很强,建筑上极具特色。内壁由未经过任何修饰的岩石堆砌而成,原始的色调给教堂增添了回归自然的感觉。

岩石教堂的卓越设计新颖

巧妙，金碧辉煌的拱顶隐约反射着下面的烛光，使整个教堂富有艺术感染力。在岩石教堂的回音作用下，很多音乐会选择在这里举行。整个教堂像着陆的飞碟一样。其卓越的外观设计和别具风格的内部结构，体现了芬兰人自然古朴的审美感情。中午的时候，我们吃了一顿特色的佳肴——驯鹿肉，听着很可怕，可是吃起来还是很香的，真的好吃，可就那么一点点，算是留下一种回味吧！

下午我们坐上200多米长，36米宽、排水量6万吨的"诗丽雅"豪华游轮。在船上看着两岸的风景，真是美不胜收！赫尔辛基三面被波罗的海环绕，波罗的海是世界上盐分最低的海，也是透明度最高的海。从我眼前飘过数不清的大小岛屿，芬兰真是"千岛之国"啊！当年郭沫若老先生曾到访过芬兰，感慨之余赋诗一首"信是千湖国，港湾分外多。森林峰岭立，岛屿似星罗"。船上的餐厅、夜总会、酒吧、赌场、免税店、儿童游乐园等都很齐全，在通道闲逛，就像走在欧洲某个小城的街上一样。

芬兰，能让其他国家为之称赞的，就是它的教育。自2000年以来，经济合作与发展组织每隔3年便发布一次国际教育成果排行榜，它把70多个国家和地区的15岁学生从阅读、数学和科学能力三个方面进行评估，在这些方面，芬兰都是名列前茅的国家。多年来，各国的教育学家从世界各地前往芬兰学习教育方法。在芬兰这个国家，教师被视为"民族英雄"，他们站在教育的最前沿，树立和传播欣欣向荣的国家形象，这也与教育作为国家的职责有着密切的联系。在芬兰，学校和教师始终如一地执行教学大纲，若有孩子落下课程，还会对其进行一对一的辅导。同时，芬兰没有公立和私立学校的二元教育体系，一切的学校教育都由国家出资。

 看一个国家未来的发展，教育是最需要重视的方面。今天的成绩，归功于昨日的布局和努力。明天的辉煌，还是要看孩子们的成长。

瑞典

经过 9~10 个小时,我们到达瑞典首都,有着"北欧威尼斯"美誉的斯德哥尔摩——木头上的城市。组成斯德哥尔摩的 14 个岛屿仿佛坠落于水面上的珍珠。因没有受到战争的破坏,保存良好,这里也是欧洲的文化之都。瑞典是一个高福利、高收入国家,也是一个高

税收的国家，税收高达48%。每年著名的诺贝尔奖颁发仪式在斯德哥尔摩音乐厅隆重举行，国王为获奖者颁发奖金和证书。

参观市政厅，这是一座由红砖砌筑的宏伟壮观、设计新颖的建筑。一楼是蓝色大厅，是每年诺贝尔奖颁奖举行盛大宴会的地方。虽然称为蓝色大厅但它并不是蓝色，这里的砖是红色的。设计师原计划在红砖外铺上蓝色的马赛克，蓝色也是瑞典国旗的颜色，结果设计师看到典雅的瑞典传统手工制作的红砖后，便放弃了原来的想法，但并没有改名。

二楼金色大厅，这是一个用1800万块1厘米见方的金箔和各种彩色的玻璃镶嵌而成的空间，流金溢彩，美轮美奂。大厅正中央端坐着一位神采飞扬的女神——梅拉伦女神，周边是各色人物的艺术作品。这里也是每年诺贝尔奖宴会后举行舞会的地方。

这里有着拥有一艘世界上最古老的沉船的博物馆——瓦萨沉船博物馆，这里保存着17世纪完好的船舶，这艘船是当年最豪华的战舰。它原本是单层炮舰,因为当时国王跟丹麦打仗,第一仗就失败了。国王听说海上强敌已拥有了双层炮舰,为了复仇,便不顾当时本国的技术条件,下令将战舰改成双层炮舰。由于其载重量大,导致船体头重脚轻,在1628年首航时,一阵风吹过,这艘船就不幸沉没在离港口仅2公里处30多米深的地方。

直到沉睡了三百多年后,这艘五层楼高、威武壮观的大型炮舰,通过考古人员及潜水员艰苦的工作,重新露出水面。考古学家在这里找到了大批极为珍贵的文物。沉船如此完美地保存下来,也许是因为波罗的海的盐水盐度低,使腐蚀木头的"盐虫"无法生存。船体本身又是用一千根橡

木制成的,橡木越泡越硬越结实。船上的装饰和各种精美的雕饰,是一个巨大的艺术宝库,特别是船上的雕塑品是瑞典皇家盾形纹章上的两只雄狮,其瑰丽多彩、金碧辉煌、寓威严于富丽,不愧是显赫一时的艺术品。奇迹!震撼!船上的木雕功力非凡,呈现出17世

纪瑞典人造船的艺术美。至今，该炮舰仍被瑞典人视为国宝。

参观后我感触极深，这真是一次意义非凡的历史文化之旅。

 历史的进程就是人类不断地探索、改进客观环境的过程。海洋文明的兴盛借由船舶在海洋上的续航能力和战斗能力，任何落后的文明都会被其他进步的文明所取缔，要么自强不息，要么物竞天择。从瑞典的沉船事件，我想到了近现代中国的工业发展史，只有国家强盛了，我们才能在世界上站得更挺拔。而这一切不只是一代人的辛勤付出，更需要代代相继，自强不息的精神！

挪威

挪威首都——奥斯陆，是诺贝尔和平奖颁奖仪式的地点。世界著名的维尔兰雕塑公园，是雕塑家古斯诺塔夫和维尔兰用毕生的精力创作完成的，这里是他们20多年的心血结晶，历时37年他们共完成600多个人物雕像，而且雕像全是裸体的。他们用自己的生命

演绎了生命的真谛。园内百余组青铜和花岗岩人物雕塑栩栩如生。突出主题"人的生与死",从童年到老年,直到死亡。天真的儿童、绰约多姿的少女、体格健壮的男子,比比皆是。

人生四部分"人生之桥""人生之水""人生之柱""人生之环",这里记录了人生各个阶段的喜怒哀乐,惟妙惟肖。特别是中央高耸的"生死柱",高17米,121个裸体男女浮雕,描绘出设计师不满足于人间生活而向往的"天堂",向上攀登时,有警醒、有挣扎、有绝望,组成了一个陡峭上升的旋律,令人感叹不已。

参观后，我们感觉心情十分沉重，久久地呆在那里，感念人生一世，到底要追寻什么……

夜宿奥斯陆，这里蓝天白云，空气清新。晚霞美不胜收，像画一样。前往松恩峡湾，穿过海拔1080米的雪原，我们到了木达尔，坐上著名的弗洛姆最陡峭的高山观光小火车。小火车全长20千米，垂直高度由海拔86米的高度下到2米，稳速前进，沿途风光秀丽。我们近距离感受仙境般的"挪威森林"。欣赏深不见底的峡谷，瀑布顺着悬崖飞流直下，雪山及建在陡峭山坡上的高山农场，美丽的山峰被冰雪覆盖。沿着河流穿越隧道前进，弗洛姆铁路三次穿越河流和山谷，但在河上并没有桥梁。河流是通过铁路下面的隧道穿山而过的。沿途还看见星星点点的别墅，但见屋不见人。这是挪威铁路历史上一项大胆又技术高超的工程。

我们到弗洛姆坐上游船游览松恩峡湾,松恩峡湾是挪威最大,也是世界上最长、最深的峡湾,全长204千米,最深可达1308米。峡湾美在碧水蓝天,美在飞瀑万千,远山白雪皑皑,峡湾水清澈透明。峡湾两岸地势险要,登陆地不多,岸边的奥尔斯木教堂是挪威最古老的教堂,是用垂直的柱子和木板支撑而成的,不使用钉子或螺丝,外形就像东方式的古庙。我们运气不好,这天风大、雨大,还冷,只好抢着拍了一张照片,赶紧逃回船舱。

傍晚,回想起那些雕像的含义,仿佛思想同黑夜一样,凝固住了。人生在世,每遇到一件事,处理的态度、方法不同,影响的就是自己的人生。路有千万条,人生的十字路口有很多,有时只关注当下的选择,未必会有长远的未来。天道酬勤,只有这句话不虚妄。努力的人,是能得到回报的,只是在什么时候、什么地方得到。

| 第三部分 | 漫步北欧

丹麦

最后一站,我们来到了丹麦的首都——哥本哈根,早上我们特意到海边一个小镇访问了一位 75 岁的孤独老人,她年轻时是一位医生,伴侣走后,自己一个人住在超大的房子里。书房、电脑房等十分齐全,还有地下室。外面是一个大大的花园,房后面朝大海,环境美丽。只是周围人不多,原野空旷,我们都对她一个人的生活感到不可思议。

我们的到访，增添了她的快乐。我们临走时，她和大家依依不舍地告别，"再见""再见"。她住在那么豪华的房子里，附近的环境是那么美丽，可总有一种说不出的孤独感。

我们参观了哥本哈根的地标——新港。运河两岸的彩色房屋高低错落，具有童话般的色彩。这里的一座"小美人鱼"像，就是根据丹麦著名作家安徒生笔下的《海的女儿》的女主角设计的。

丹麦是盛产琥珀的国家，现存的一颗也是世界上最大的琥珀石，价值连城，特别是存有天然小动物的琥珀是品质最高的。丹麦也是自行车王国，一队队的骑行者从我们面前风驰而过，低碳环保的同时又锻炼身体，构成了丹麦独特的一道风景线。旅游快结束了，大家对彼此都恋恋不舍，拍张照留个纪念！

　　《纽约时报》将丹麦称为"全球最佳失业乐园",得此殊荣的原因是这个国家的失业津贴高达此前工资的90%,并且可以连续领取两年。在高额的失业津贴补助下,人们还有动力选择能力要求高,竞争激烈的再就业吗?我们在赞叹丹麦社会福利的同时,社会学家也在深入研讨这个问题。还有一组数据表明丹麦人每周的工作时间几乎只有100年前的一半左右,并且比欧洲其他国家工作时长短很多(欧盟的平均工时是1749小时,丹麦人只有1559小时)。

　　丹麦有世界领先的风力发电产业,并且是世界最大的生猪屠宰国,每年宰杀280多万头生猪,猪肉出口总额占到了世界猪肉出口总额约五分之一。丹麦农民发现英国人喜欢用某种五花培根做早餐。于是,大量的农民转向生猪养殖,并想办法将猪肉生产标准化,从而满足英国的需求,由此形成了后来规模化、国际化的猪肉工业。

　　北欧五国之旅,让我印象深刻,我了解了北欧的风土人情和独特的自然环境。在旅游兴起的大年代,冰岛真是令人无法拒绝的诱惑。去吧!冰岛!

辛格维利尔国家公园

　　辛格维利尔国家公园位于雷克雅未克附近，这里有着"世界最古老的民主议会会址"之称，后来成为冰岛人喜庆大事的庆贺之地。2004年，辛格维利尔国家公园被联合国教科文组织列入《世界遗产名录》。辛格维利尔国家公园大裂谷就在辛格维利尔国家公园内，同时这个大裂谷是北美板块和亚欧大陆板块的分界线。现在这个裂缝仍在以每年2厘米的速度分离。

维克小镇

位于冰岛最南端的一个安静祥和的小镇，人口约 600 人，在小镇后面是一望无际的大海。这里最著名的景点是黑沙滩。黑沙滩的"沙"是颗粒状的火山熔岩，这些熔岩颗粒没有杂质，也没有淤泥尘土，捧起一把，满手乌黑，轻轻一抖，黑沙四散，手上却纤毫不染。经常会有摄制组到这里取景拍摄外星球等科幻类型的影片。

雷克雅未克

冰岛共和国的首都，也是世界上最北的首都。面积120平方千米，内市区100平方千米。市区附近地势较平坦，气候温和湿润。1月平均气温0.3℃，7月10.6℃；年降水量840毫米。这里地热能源丰富，盛产温泉，因此城市上空经常弥漫着如雾一样的水汽。9世纪，斯堪的纳维亚人乘船驶近时认为水汽是烟，便将此地命名为"雷克雅未克"，冰岛语的意思是"冒烟之湾岸"。这里还是冰岛第一大城市及第一大港口。由于其优越的地理位置，成为欧洲北部主要的港口。这里环境优美，很少有工厂，几乎没污染，被称为"无烟城市"。在这里生活的人民非常惬意舒适、安静祥和、安逸自由。雷克雅未克已连续多年被评为"全球最幸福快乐的城市"之一。

西贝柳斯公园

西贝柳斯公园(Sibelius Park)是为了纪念芬兰的大音乐家西贝柳斯而建,它坐落在芬兰首都赫尔辛基市中心西北面。在公园内,有两座雕像来纪念这位伟大的音乐家,一座是由600根钢管组成的类似管风琴的抽象塑像,另外一座是音乐大师的头像雕塑。这两座充满浪漫色彩的雕像都是由芬兰著名女雕塑家艾拉·希尔图宁完成的。

岩石教堂

　　岩石教堂又名坦佩利奥基奥教堂，位于赫尔辛基市中心坦佩利岩石广场，是世界上唯一一座建在岩石中的教堂。由建筑师添姆和杜姆苏马连宁（Suomalaimen）兄弟在1969年设计并建造完成的。岩石教堂卓越的设计极为新颖巧妙，造在掏空岩石中的岩石教堂，教堂为圆顶，教堂顶部的玻璃屋顶以铜网架支撑；直径24米，外部墙壁以铜片镶饰，内壁则完全保持了天然的花岗岩石壁纹理，其余的壁面仍保有原始的岩石风味，教堂入口走廊为隧道状，入口处则涂以混凝土。整座教堂如同着陆的飞碟一般，趣味独具。

　　这里的景观自然质朴，教堂内壁是未经任何修饰的岩石的本来面貌。顶部的墙体用炸碎的岩石堆砌而成，看似松散、杂乱，貌似随时可能掉落，但实际上，每一块石头都是精心选砌的，原始的色调给教堂增添了回归自然的感觉。水滴从岩缝中渗出，顺着岩壁流入地下水道，增强了教堂内的音响效果。金碧辉煌的拱顶隐隐约约反射着下面的烛光，这是整个教堂富有艺术感染力的地方。芬兰人崇尚自然古朴的审美情感在此得到了充分的体现。

驯鹿

又名角鹿，鹿科驯鹿属下唯一的动物。体长200厘米，雌雄皆有角，角的分枝繁复是其外观上的重要特征。长角分枝繁复，有时超过30叉，幅宽可达1.8米，且每年更换一次，旧的刚刚脱落，新的就开始生长。蹄子宽大，尾巴极短。驯鹿的个头比较大，雌鹿的体重可达150多千克，雄性稍小，为90千克左右。驯鹿的身体上覆盖着轻盈但极为抗寒冷的毛皮。主要毛色有褐色、灰白色、花白色和白色。花色中白色一般出现在腹部、颈部和蹄子以上的部位。驯鹿主要分布于北半球的环北极地区，包括在欧亚大陆、北美洲北部及一些大型岛屿。

驯鹿每年会进行一次长达数百公里的大迁移。春天一到，它们便离开自己越冬的亚北极地区的森林和草原，沿着几百年不变的路线往北迁移。由雌鹿领头，雄鹿紧随其后，它们边走边吃，日夜兼程一直往北，沿途会蜕掉厚厚的"冬装"，生出新的薄薄的"夏衣"，蜕下的绒毛掉在地上，正好成了来年的路标。驯鹿总是匀速前进，只有遇到狼群或猎人的追赶，才会猛跑一阵。驯鹿的主要食物是石蕊，也吃问荆、蘑菇及木本植物的嫩枝叶。

斯德哥尔摩

直译过来为"木头岛",建于13世纪,是瑞典的首都和第一大城市,也是瑞典政治、经济、文化、交通中心和主要港口,同时还是瑞典国家政府、国会以及王室的官方宫殿所在地,由于免受战争的破坏而保存良好,现在共有100多座博物馆和名胜,包括历史、民族、自然、美术等各个方面。这里也是瑞典的金融中心和具备高科技的城市,瑞典主要的银行总部都在这里,这里还拥有众多大学,工业发达。这里还是阿尔弗雷德·诺贝尔的故乡。

蓝厅

斯德哥尔摩市政厅宴会厅的别称,市政厅位于瑞典首都市中心的梅拉伦湖畔。每年的12月10日是诺贝尔逝世日。这一天,瑞典国王和王后都要在宴会厅,为诺贝尔奖获得者举行隆重盛大的宴会,以示热烈的祝贺。如今,这里已经成为世界上众多物理、化学、医学、经济学、文学领域专家的毕生追求和奋斗目标。市政厅由称为"怪才"的瑞典民族浪漫运动的启蒙大师、著名建筑师拉格纳尔·奥斯特伯格设计,于1911年动工,两年后落成启用。

维尔兰雕塑公园

　　弗罗格纳公园在挪威首都奥斯陆的西北角，占地50公顷。公园内有192座雕塑，总计有650个人物雕像。园里有一条长达850米的中轴线，正门、石桥、喷泉、圆台阶、生死柱都位于轴线上，主要雕像、浮雕分布其间。石桥两侧各有29座彼此对称的铜雕。喷泉四角各有5幅树丛雕，四壁为浮雕，中央是托盘群雕。

　　圆台阶周围是匀称的36座花岗岩石雕，中央高耸着"生死柱"。石柱高达17米，周围上下刻满了121个裸体男女浮雕。

哥本哈根

　　哥本哈根坐落于丹麦西兰岛东部,是丹麦王国的首都、最大城市及最大港口,也是北欧最大的城市。哥本哈根曾被联合国人居署选为"全球最宜居的城市",并给予"最佳设计城市"的评价,哥本哈根还是"全世界最幸福的城市之一。"

安徒生

汉斯·克里斯汀·安徒生（1805—1875年），丹麦19世纪童话作家，被誉为"世界儿童文学的太阳"。安徒生出生贫苦，14岁时为追求艺术只身来到首都哥本哈根。17岁时在诗剧《阿尔芙索尔》中崭露才华，被皇家艺术剧院送进斯拉格尔塞文法学校和赫尔辛欧学校免费就读，历时5年。

1828年，安徒生被哥本哈根大学录取，毕业后主要靠稿费维持生活。1838年获得作家奖金——国家每年拨给他200元非公职津贴。安徒生文学生涯始于1822年的编写剧本，曾发表游记和歌舞喜剧，出版过诗集和诗剧。1833年出版的长篇小说《即兴诗人》，为他赢得国际声誉，是他成人文学的代表作。他的作品《安徒生童话》已经被译为150多种语言，在全球各地发行和出版。安徒生的代表作有《小锡兵》《海的女儿》《拇指姑娘》《卖火柴的小女孩》《丑小鸭》《皇帝的新装》等。

第四部分 游记随笔

我从西藏到南极

「随笔」

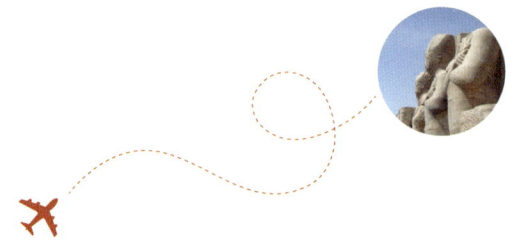

从埃及到好望角

埃及是一个伟大的文明古国,历史遗存极为丰富。举世闻名的尼罗河、世界奇迹金字塔、狮身人面像及古神庙等给世人留下深刻的印象。当身临其境时,对远古人的聪明、智慧和敬畏是我无法用语言来形容的。

当我置身金字塔的那一刻,巨大的砖石仿佛在对我们讲述千年前的故事,想象着一代代的法老和他的王国,我只能表示惊叹。每个时代文明的显现,都是人类一次次智慧的闪耀。我用手触摸那历史的砖墙,和它们对话,想象着如果自己生活在古埃及会是什么样子……

这天温度近50℃,我们游览沙漠中古埃及第一位女法老哈特谢普苏特神庙。左右脚一蹦一蹦地跳上去，烫脚！哈特谢普苏特是古埃及第十八位王朝法老，公元前1503年—公元前1482年在位，长达21年之久，对比中国同期应是商朝。

因为哈特谢普苏特是女性，无法直接继承法老的王位，她便通过各种方法为自己掌权铺路，包括把合法的王位继承人图特摩斯三世流放到边远地区，万事俱备后，自己当法老只差如何在名誉上打破女性无法当政的传统。她便联合僧侣编造自己的身世，对外宣称自己是太阳神阿蒙之女，是太阳神为了让自己的后代统治埃及，化身成为图特摩斯一世与王后生下的女儿。现在，这个女儿已经通过了各种磨难的考验，可以成为埃及的法老。同时，她还在神庙的石

碑顶部放了许多用来反射太阳光芒的金盘来显示神迹,告知世人,她与太阳神之间亲密的关系。为了巩固自己的形象,她女扮男装,下令所有人用男性代名词对其称呼。

于是,哈特谢普苏特如愿成为埃及首位,也是唯一的女法老。这与中国唯一的女皇帝武则天颇为类似,我只能感叹:虽然历史不重复,但有着惊人的相似。

我们到沙漠深处探访一个原始族群。在望不到边的沙漠中,一口井、一个草栅、一张麻席、一个男人、戴着面纱的女人和两个孩子,他们保留着原始的生活状态,我感到触目惊心,十分酸楚!现在旅游兴起,骑上他们的骆驼转上一圈,给他们几个小钱,给无人照顾坐在地下的两个孩子几块糕点。他们很高兴,我们则带着沉重的心情离开!

回程的路上,他们的身影总会浮现在我们的脑海里。在文明的进程中,由于环境的原因,有些原始部落没有与近现代文明同步成长。这件事不能用好与坏衡量,只是感叹人类世界的多样性,虽然表面上他们的生活条件不如大城市中的人们舒适,然而从内心快乐上,他们保留了最原始、最简单获取快乐的本能,不至于让城市的烦恼写在自己脸上。想到这,感觉也未必是一件坏事。

南非的大峡谷有着无边无际的大草原,有斑马、长颈鹿等,特

|第四部分|游记随笔　　157

第四部分 | 游记随笔　159

别是那数不清的大群角马遍地跑,所以才有大家看到的"动物世界"。比起动物园饲养的动物,这里的动物更为活泼,它们生活在自己的家园,无忧无虑,生活在广阔的天地间,自由自在。人和动物是在大自然中共生的,打破生态的平衡,无疑走向自我毁灭。当今世界的环境问题不容小觑,只有全人类的共同努力,才会让地球家园变得更美丽,更适宜人类居住。

开普敦桌山山脉的坎普斯海滩是开普敦顶级富豪区。

好望角被称为"非洲最南端"的地方,这里是大西洋和印度洋两个大洋的交汇处。印度洋风平浪静,大西洋波涛汹涌,界限清晰不乱。强劲的西风长年不断掀起惊涛骇浪,导游说这里除常年风暴肆虐外,还常常有一种"杀人浪"出现。这种海浪来临的时候,前部形状犹如悬崖峭壁一般,而后部则像缓缓的山坡,一般波浪高达15~20米,冬季会频繁出现,可以想象一下:这样的海浪就像是一座移动的小山。有时极地风会和旋转浪叠加在一起,让海况更加恶劣,往往让船舶航行遭难。因此好望角也成了世界航海段上最危险的一段航海区域,这里最早被称为"风暴角"。

好望角的地理形状是一条细长的岩石岬角,就像一把锋利的宝剑直接插入海底深处。在地图上看,这部分的形状也有些像蜘蛛腿。好望角还是著名的自然保护区，除了低矮的灌木丛和盛开的鲜花，在这里生活的还有羚羊、斑马、鸬鹚、黑鹰等稀有动物。

我觉得"人类是从非洲走出来"的说法还有待商榷，需要更多的考古证据、科学证据才更完备。非洲这片土地的生命力，让人感觉像夏天一样炽热，如今称为文明古国的古埃及已经没有从前的荣耀，空留些金字塔、狮身人面像等令人追忆的遗迹了。文明的保持，要远离战火硝烟，只有世界的和平，才能让地球家园变得更加美丽！

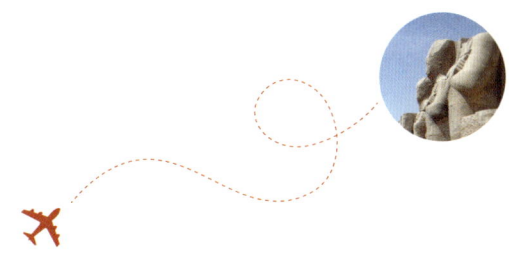

风情意大利：罗马、威尼斯

到了罗马，我们马上被这座誉为"全球最大的露天历史博物馆"吸引住了。有着2700多年的城建历史，早在公元前753年就开始建造，最令人震撼的是年代悠久的建筑，虽然中间经历战火等各种天灾人祸，还能保存到今天，真是难得的珍贵历史遗产。

被称为"斗兽场"的古罗马露天竞技场，建于公元1世纪，它是世界八大名胜之一，是古罗马帝国的象征，占地约2万平方米，周长527米，呈椭圆形。在两千多年前，人们用这样的广场进行民众活动，可见古罗马人的生活方式。在罗马帝国的鼎盛时期，这里的人口高达百万之多，在古代算得上"超大城市"，排水、交通等的城市建设也都较为完善。

帝国大道两旁建有很多公

共建筑，如元老院、神殿、贞女祠和一些有名的庙宇，等等。罗马的喷泉非常多，各式各样，其中最著名的是特雷维喷泉。从这些公共的城建来看，古代罗马人更注重现实生活和享乐。

　　时间车轮不断地前行着，大地上的兴败都被留下的建筑记录下来，证明曾经的存在和辉煌。物极必反，就像抛向天空的石头，它能达到的最高点，也是它下落时的起点，历史的进程也在这种震荡的起落线上演绎着。

罗马,这座有着千年历史的城市。透过这些古老的建筑,人们更应该向你学习和平的相处之道,不要忙于风一般的世间琐事,不要计较一时的利益得失,要用更长远的眼光来看待人类的文明进程,找到大自然中人类适当的位置,集合全人类的智慧,为未来构建一个和谐文明的世界。

"水城"威尼斯是到意大利旅游必去的城市,这里享有"水城""水上都市""百岛城""亚得里亚海的女王""桥城"等诸多美称。在来之前,我对这座水上城市充满了期待,中国有句古话:仁者乐山,智者乐水。想必在水边居住的人是聪颖智慧的。

这里是文艺复兴的精华,也是威尼斯画派的发源地,其绘画、歌剧、雕塑、建筑等在世界上都有着重要的地位和影响。这里的水阻断了两岸的交通,也造就了桥的兴建。到 21 世纪为止,威尼斯共有

401座桥,其中单孔拱桥——利亚德桥是最著名的,它用大理石砌成,建成于1592年前后,全桥长48米,宽22米。其他桥的造型千姿百态、风格各异,有的庄重沉稳,有的小巧玲珑,极尽工匠之能,让城市交通更为方便快捷。

由于水道多的原因,任何车辆在威尼斯市内都是不能进入的,这里也是唯一没有汽车的现代都市。该城内所有的交通工具都是船,有公交船,还有出租船。公交船会有固定的线路和船站。如果想在这里独自欣赏,也可以像坐出租车一样,坐出租船出行,在船里就能欣赏到"街道"两旁悠久的建筑,真是一场美的享受!

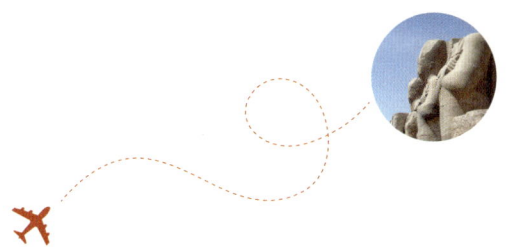

先知之城：梵蒂冈

梵蒂冈的意思是"先知之城"，由于其国土四面都与意大利接壤，所以梵蒂冈是位于意大利的一个国中国。这里也是全世界领土面积最小，人口最少的国家，据统计这里的公民只有500人左右。梵蒂冈的艺术杰作，主要集中在圣彼得大教堂、圣彼得广场、西斯廷礼拜堂和梵蒂冈博物馆。梵蒂冈博物馆原是教皇的宫廷，这里收集的稀世文物和艺术珍品堪与伦敦大英博物馆和巴黎卢浮宫相媲美，这里藏有米开朗基罗的壁画《最后的审判》和天顶画《创世纪》。

圣彼得大教堂则是全球第一的大教堂，最多可容纳6万人，布拉曼特、米开朗基罗、德拉·波尔特、卡洛·马泰尔等意大利最优秀的建筑师都曾先后参与设计并施工于这座大教堂的重建。

 漫步在这里的街道，教堂建筑风格在蓝天白云下让人肃然起敬，能将古城和建筑文化保留到现代，是每一代人在尽力守护文化遗产的最好见证。

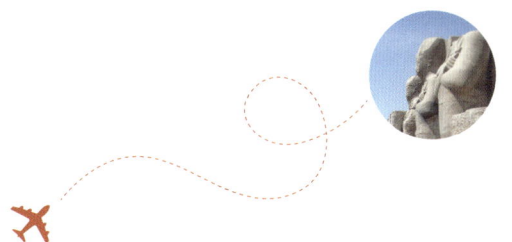

浪漫的巴黎

巴黎是法国人浪漫的地理代名词,这里有著名的埃菲尔铁塔、凯旋门、卢浮宫和巴黎圣母院,以上都是此行必游的几处景点。我对卢浮宫的印象,还是它正门入口处的透明金字塔建筑的设计者——美籍华人贝聿铭,因为这里是华人的建筑设计,不免产生特殊的亲切感,国内诸多著名的建筑都由国外的建筑设计师设计,而这样世界级的艺术殿堂——巴黎卢浮宫能有华人建筑设计师的作品,我当然还是很开心的。

假如每天看中国的10幅艺术品,都在感叹时间过得太快的话,到了卢浮宫,就会感叹生命更加短暂。微笑的《蒙娜丽莎》、断臂的《维纳斯》,诸多从前在书中、电视上看到的艺术珍品,正琳琅满目地在这里陈列,被来自全世界的游客、艺术爱好者欣赏。

卢浮宫始建于 13 世纪初的 1204 年，最早是为了防御，后来经过扩建，逐渐成了一个王宫，迄今为止，卢浮宫里的艺术品达 40 余万件。

一个新兴建筑的诞生，当时不免受到别人的非议，埃菲尔铁塔便是其一。该塔是为了纪念法国 1789 年资产阶级革命 100 周年而建，建于 1889 年。当时人们说这是一堆烂铁，建在巴黎简直影响了巴黎的美。今天，这座铁塔不但被浪漫的巴黎人取名为"云中牧女"，更是游客留影纪念的好景点。全塔高 320 米，建成后维持世界最高建筑纪录 40 多年。夜景中的这座铁塔如同这座城市的焦点，璀璨的灯光仿佛都由这座铁塔管理。我私心想，当时建这样的高塔，可能

也是为了让大城市的人们在走路时不迷路吧，毕竟100多年前没有电子导航，有这样一个中心地标建筑，可以让远处的人找到方向，不也是一个很好的陆地灯塔吗？

看到巴黎圣母院，我就会想到雨果的小说《巴黎圣母院》，虽然小说中通过漂亮的吉卜赛姑娘、丑陋的敲钟人、衣冠楚楚的副主教、风度翩翩的卫队长等对人性的善恶进行描写，因为各种贪念而发生的一系列悲剧故事，但走在圣母院前，亲眼看着这座被誉为"石头交响乐"的篇章，我还是表达出人类向善的最初美好愿望。

在人类的历史中，人性的善与恶都曾创造过让人类文明辉煌和黑暗的时代，这并不影响人类吸取前车之鉴去迎向美好未来。悲剧可以起到净化心灵的作用，我们在读过悲剧后，对人性了解的震撼才会让我们更懂得如何取舍。

圣母院位于市中心的西堤岛上，塔楼上是环顾巴黎的最佳地点，在这儿你可以眺望塞纳河上的风光，感受暖阳下的巴黎。

冷兵器时代，每一场战争都是冷兵器和血肉之躯间的战斗。打了胜仗，自然要

好好庆功。巴黎的凯旋门就是因此而建,它建成于1836年,是为了纪念法军的光荣和胜利建造的,它是国家荣誉的象征,也是胜利后记录历史的见证。这座高达50米的大门,位于戴高乐广场中央。以它为中心,向外延伸着12条主要的大街。拱门四周都有一幅巨大的浮雕,内容是描写1792年到1815年的法国战争史。拱门上方的浮雕用来记录拿破仑凯旋归来的盛况。

> 历史离我们并不遥远,它就在昨天,我们要铭记历史上那些美好与不美好。时刻相信,人类的未来,需要全世界人民来共同构建。

曾经的渔村：阿姆斯特丹

看着一幢幢风车的房子，仿佛自己置身于画中。这么多的房子都是用风力来为人们的生活做出改善，这样的设计得益于长年不断的海风。只有这刚刚好的风力和风速，才能造福一方水土。说起风车，不能不说阿姆斯特丹的地理地貌，这座城市的海拔只有2米，想想这样的高度，就像是建在海平面上的阁楼。

阿姆斯特丹的历史可以追溯到13世纪，那时这儿还只是一个小小的渔村。到了17世纪，终于迎来了阿姆斯特丹的黄金时代，这里一跃成为世界上最重要的港口和银行中心。阿姆斯特丹也是一座水城，被称为"北方的威尼斯"。这里有着大小165条人工修整出来的运河道，河道上有2000多家船屋。站在这里，看着风车、

运河、小桥、船屋及郁金香,这一切的一切,构成一个令人向往的童话世界!

> 作为当前荷兰第一大城市,阿姆斯特丹历经了从渔村到大都市的发展过程,经历了辉煌与破坏。每个国家的文化都有其独特的因素,我们应该用包容的心态来看这个世界。

额济纳旗的胡杨林

当人们夸赞胡杨强大的生命力时，会用"三个一千年"来形容，可想而知，一株从公元元年生长的胡杨到现在还是存在的，这三个一千年即活着一千年不死、死后一千年不倒、倒后一千年不烂。因为他具备在沙漠中繁衍生存的顽强能力，又被人们称赞为"沙漠的英雄树"。是的，胡杨是沙漠中唯一生长的乔木树种，它不但耐寒、耐旱、耐盐碱，而且还能抗风沙，抵御沙漠化的侵袭。

人们说胡杨是一个神奇的树种。在春天和夏天，它是绿色的；秋天，它是黄色的；冬天，它成

176 | 我 | 从 | 西 | 藏 | 到 | 南 | 极

了红色,在四季里变换三种颜色,这是它妩媚的风姿。加上在沙漠这样干旱不易生存的环境存活,则表现出它的性格倔强。

除了具有防沙改善环境的特点外,胡杨还全身是宝,它的叶和花都可以做药用,由于枝干木质坚硬,是上等的家具用材和建筑用料。它还有一种特殊的宝贝,被当地人称为"胡杨泪"或"梧桐泪",当地居民将其用来发面蒸馒头,因为它的含碱纯度可以达到57%~71%。所以,有时胡杨也被称为"胡杨碱",胡杨能有碱的产出,是因为它生长在含盐高的土壤上,它从自己的树根、躯干、树皮和叶片都能吸收到很多盐分,并能从树干的节疤和裂口处、茎叶处将多余的盐分自动排

出去，形成白色或淡黄色的块状结晶，即人们食用的胡杨碱。除食用外，胡杨碱还能做成肥皂。一棵成年的胡杨树，每年可以排出数十千克的盐碱，堪称"拔盐改土"的"土壤改良功臣"了。

> 胡杨尚且如此，我们身而为人，更应向这种顽强、多姿的生命态度学习，去体验生活并与生活中的困难顽强地斗争，即便遇到逆境，也不要轻言放弃。凡事，都是需要面对的。让自己好好活着，活出精彩，活出自己的人生。

美国的大都市

去美国,自然要去自由女神像、白宫、洛杉矶的跨河大桥这些地方,很多朋友对美国的了解已经很多了,毕竟这里是现代文明科技的代表。一个高度发达的国家,有着大城市文化的都市生活。曾经的中国人到这里后,留下了著名的华人聚居地"唐人街",在美国的华人也越来越多地走向精英阶层,当我与曼哈顿的自由女神像合影时,电影中熟悉的场景就在身后。

身边的游客熙熙攘攘,都想留下纪念的身影。我对美国的印象最早是新中国成立初期时的口号"超英赶美",那时很多小孩子起名字时,也用了类似这样词汇中的字词,那是一个时代的记忆。经常有人说美国的历史很短,讲到爷爷那代就可以结束了,可以说美国是一个新兴的文明符号。在"二战"后,这里汇集了各方面的资源,一跃成了世界经济的领头羊,当年的苏联还能和它齐头并进,但是在冷战后,俄罗斯忙于本国的政治体制改革,而美国平稳不间断地发展,让其他国家和它之间的距离一时无法拉平。

还有一个与国人不同的观念是:在美国的城市看到墓地是一件很平常的事情,这里的墓地不是连着的一大片,有些零星,就在人们的房子旁边或教堂后面。很好奇为什么他们的墓地四处都是?还能离活着的人那么近?在中国的文化看来,墓地大多是已逝之人的安置处,活着的人和死去的人是要分开住的,往往离墓地近的住宅,

价格也不会高,更不会有房地产商在附近选择建造住房。在美国恰恰相反,越在墓地旁边的房子越贵,因为难得有墓园这样安静祥和的居住氛围。甚至有些墓园安葬着名人,比公园更具有历史感。所以,才产生了很多人愿意选择在墓地附近居住的文化。

> 今天,我踏上美国这片土地,感慨着世界格局地不断改变,中美关系也在历史的洪流中不断改变着。看着这一切,我的脑海里飞速闪过一幕幕曾经在媒体里了解的美国、电影里的美国,将这些与现实中的美国进行对比,感受着这里的一切。人们忙碌在自己的生活中,城市与城市之间的主题不同,和我们比起来,显然以政治为中心的华盛顿的节奏更慢。可能因为这里的文明不如中国久远,因此美国对每一个有纪念意义的建筑和历史遗迹都加以保护。

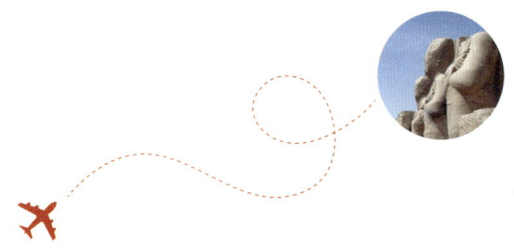

悠闲的马尔代夫

马尔代夫是一个 30 多万人口的多岛屿国家,这里大概有 1000 多座礁岛,旅游业是这个国家的主业,四季如夏的天气,让风景更加迷人。海水的蓝可以分为从远处的深蓝到近海的淡蓝,清澈的海水让阳光在可见的水底沙滩上呈现出鱼鳞波纹的美。

"水善利万物而不争"水,至柔之物。这些道理都是我在欣赏这海水的景色时,在脑海中不断浮现出来的。一个人在海边,仿佛海风可以吹走心中任何的烦恼。宽广无边的大海,让心也跟着放大到无限的状态。天与海只有一线之隔,那分割的线是天的蓝和海的蓝两种不同蓝色对接显出的。去过的人,都说"马代过后不看海",这片蓝,不仅是视觉的盛宴,更像蓝色的摇篮,将人们的梦藏在

蓝色的深处。

地球确实应该被称为"水球",一个蓝色的星球,在这广阔无边的海洋世界里,我们有太多未知,科学家说人类是从海洋来的,我望着这大海,仿佛它是陌生又熟悉的家园。

在这里,仿佛一切都变得慢了下来,我们在海边散步,看着人们嬉戏海水,晒着日光浴……海浪泛起的浪花拍打着沙滩上的细沙。曾有哲人将宇宙中的恒星之多比作海中的沙子。根据现代天文学的观察,我们发现宇宙之大,恒星之多。置身宇宙中的我们,何尝不是这海滩的一粒沙子?在一波波外力的推拉下,改变着排列,顺应着变化!

由于这里的纬度邻近赤道,受到赤道低压的影响,终年高温多雨,是典型的热带雨林气候。在这样的气候下,本应为各种植物繁衍提供有利条件,却因田土面积小,加上土地不肥沃,海雾又大,全国的植物种类也才 600 多种。这里的椰子树是马尔代夫的国树,也是马尔代夫的主要经济树种。马尔代夫的人们把椰子的图案用在国徽上,可见椰子在他们心中的地位是非常重要的。

椰子树具有耐盐碱、耐涝、抗强风、不畏烈日的优点。在热带地区的路边、山地、海滩都能生长，还不需要有人管理，这种把自己的一切都无私奉献出来的文化，可以说是"椰树文化"，同时代表着马尔代夫的人们在恶劣自然环境下的生存精神！

有些人选择留在高原，有些人选择走向海岛。马尔代夫的人们正是走向海岛，并在海岛上生存下来那批人类先驱的后人。从他们的身上，我们看到了人类克服恶劣环境的顽强精神！

桌山

桌山（Table Mountain）意为"海角之城"，耸立于高而多岩石的开普半岛北端，是南非的平顶山，在该山上可俯瞰开普敦市和桌湾。其平板状山体是因砂岩层暴露于强风和受流水侵蚀形成的。该山常有云层覆盖，为刮东南风时迅速形成，被认为是该山高原植被繁茂的主要因素。

桌山自然保护区拥有2000多种濒临绝种的原生花卉、植物，约150种鸟类及包括狒狒、岩兔、狸猫等小型野生动物。

好望角

意思是"美好希望的海角",非洲西南端非常著名的岬角,北距南非共和国的立法首都开普敦市 52 千米。因暴风雨频繁,海浪汹涌,最初称为"风暴角"。

这里强劲的西风急流掀起的惊涛骇浪长年不断,除风暴外,在冬季还常常有"杀人浪"出现。杀人浪前部犹如悬崖峭壁,后部则像缓缓的山坡,一般波高 15~20 米,不时加上极地风引起的旋转浪,而且还有很强的沿岸流。当浪与流相遇时,整个海面如同开锅似的翻滚,因此遭难的船舶难以计数,因此好望角也成为世界上最危险的航海地段之一。

巴黎圣母院

巴黎圣母院大教堂是一座位于法国巴黎市中心、西堤岛上的教堂建筑，也是天主教巴黎总教区的主教座堂。圣母院始建于1163年，是巴黎大主教莫里斯·德·苏利决定兴建的，整座教堂在1345年全部建成，历时180多年，正面双塔高约69米，后塔尖约90米。该教堂以其哥特式的建筑风格，祭坛、回廊、门窗等处的雕刻和绘画艺术，以及堂内所藏的13~17世纪的大量艺术珍品而闻名于世。它是法兰西岛地区的哥特式教堂群里面，具有关键代表意义的一座教堂。